"小而好"系列丛书

# 古小诗精华

张浩逊　孙祖洁　过伟忠　编著

苏州大学出版社

图书在版编目(CIP)数据

古小诗精华/张浩逊,孙祖洁,过伟忠编著.—苏州:苏州大学出版社,2012.1
(“小而好”系列丛书)
ISBN 978-7-81137-815-3

Ⅰ.①古… Ⅱ.①张… ②孙… ③过… Ⅲ.①古典诗歌—诗歌欣赏—中国 Ⅳ.①I207.22

中国版本图书馆 CIP 数据核字(2011)第 199991 号

书　　名　古小诗精华
编　　著　张浩逊　孙祖洁　过伟忠
总 策 划　金振华
责任编辑　董　炎
出版发行　苏州大学出版社
　　　　　(地址:苏州市十梓街1号　215006)
印　　刷　丹阳市兴华印刷厂
开　　本　787 mm×1 092 mm　1/32
字　　数　168千
印　　张　7.75
版　　次　2012年1月第1版
　　　　　2012年1月第1次印刷
书　　号　ISBN 978-7-81137-815-3
定　　价　15.00元

苏州大学出版社营销部　电话:0512-65225020
苏州大学出版社网址　http://www.sudapress.com

# 序

杨海明

我国的古典文学是传统文化中十分重要的组成部分，至今仍闪耀着熠熠生辉的思想和艺术光芒。人们常以浩如烟海、汗牛充栋来形容几千年来积累的这笔祖国文学艺术遗产，殊不为过。诗歌、散文、词赋、戏曲、小说，这些极具中国传统特色的文学样式，都曾达到思想和艺术的巅峰，成为文学殿堂中的瑰宝。因此，业余有暇读一点古典文学作品，既有利于提高个人的思想文化修养，也是一种品位较高的怡养性情和休闲身心的妙方。而这，也就是我们编写这套小丛书的出发点。

然而，也正因为文学典籍品类多样及卷帙浩繁，给我们编写这套丛书带来了难度——名篇名作俯拾皆是，而丛书的容量有限。于是，我们想到了刘熙载在《艺概》中所说的一句名言："齐梁小赋，唐末小诗，五代小词，虽小却好，虽好却小。"借用此言，本丛书所选作品，就立足于名人名作中的小诗、小词、小曲、短篇美文和小小说(亦含少量长篇中的节选),而不选其他篇幅较长的作品,故即以“小而好”冠名之。

本丛书共分五册,包括五种品类的作品(诗、文、词、曲、小说),基本上都以作家时代先后排列。每个作家名下先介绍作家生平及其在某一领域的主要成就;然后选出其“小而好”的若干代表作;注释部分主要是对一些较冷僻的字词及典故进行诠释,但不作繁琐的考证;浅析部分则对作品作一些解析,重点介绍其中所包含的情感体验和艺术意蕴。

这套“小而好”丛书,乃是浓缩的文学精华,适合于初中以上文化层次的人群阅读和欣赏,有些内容甚至也可作为小学生和幼儿的启蒙材料。我们相信,通过对这套丛书的诵读和品鉴,通过在我国古代文学海洋中的徜徉,读者定能得到真善美的感悟,并提升自己的文学艺术素养。

是为序。

(作者系中国宋代文学会副会长
苏州大学教授、博士生导师)

# 目录

# ·先唐（25首）·

## 弹　歌

上古歌谣

断竹[1]，续竹[2]。飞土[3]，逐宍[4]。

【注释】① 断竹：砍断竹竿。② 续竹：用弦线把两根竹子连接起来，制成弹弓。③ 飞土：指弹弓射出泥丸。④ 逐宍：追逐禽兽。宍，"肉"的古字，这里代指禽兽。

【浅析】这首小诗出自《吴越春秋》卷九《勾践阴谋外传》。从前有人认为这是黄帝时代的歌谣。这固然没有根据，但从它的内容和形式看，很可能是原始时期的猎歌。它两字一句，用简单质朴的韵语，再现原始先民制造弹弓和用弹弓射击禽兽的过程，反映了渔猎时代的社会生活。全诗仅 8 个字，却包含着如此丰富的内容，不能不令人赞叹我们祖先的聪明才智。

## 式　微[1]

诗　经

式微式微[2]，胡不归[3]？
微君之故[4]，胡为乎中露[5]！

式微式微，胡不归？
微君之躬⑥，胡为乎泥中！

【注释】① 此诗选自《诗经·邶风》。邶(bèi)风：是周王朝时诸侯国邶国（在今河南汤阴县东南）地区的民歌。② 式：语助词，没有实在意思。微：这里指日光衰微，即天色昏暗。③ 胡不归：为什么不回家。胡，何。④ 微：和“非”的意思相同，不是。君：这里指贵族老爷。故：事情，差役。⑤ 中露：露水中。⑥ 躬：身体。

【浅析】这是一首劳动者的怨歌。他们起早摸黑，在夜露中、泥水里不停地为当权者干活。之所以会如此辛苦，是贵族老爷的驱使所致。这首民歌采用“对歌”（每章前两句是问，后两句是答）的形式，使提出的问题更能引起读者的注意，得出的结论也更有讽刺力量。另外，它还运用了《诗经》中常见的复沓章法，把基本意思重复、强调一遍，以增强抒情效果。

## 采葛①

诗经

彼采葛兮②，
一日不见，如三月兮！

彼采萧兮③，
一日不见，如三秋兮④！

彼采艾兮⑤，
一日不见，如三岁兮⑥！

【注释】① 此诗选自《诗经·王风》。王风：东周都城洛邑（在今河南洛阳市）地区的民歌。② 彼：她。葛：一种藤草，茎和叶可作牧草。③ 萧：一种蒿草，可入药。④ 三秋：三个季度。⑤ 艾：一种有香气的植物，可入药，叶可制艾绒，供针灸用。⑥ 岁：年。

【浅析】这首诗写一个男子对所爱恋的女子的思念。两人分离虽然只有一日，但他却觉得这一日有如三个月、三个季度、三个年头那样久长。俗话说：欢娱嫌夜短，寂寞恨更长，这首诗正写出了这样一种内心的情绪体验。在表现手法上，该诗采用重章叠句的形式，仅个别词语作了变动，由“三月”改为“三秋”、“三岁”，夸张成分不断加大，生动地表达了抒情主人公越陷越深、不能自拔的相思之苦。

## 十亩之间①

诗　经

十亩之间兮②，桑者闲闲兮③。
行与子还兮④。

十亩之外兮，桑者泄泄兮⑤。
行与子逝兮⑥。

【注释】① 此诗选自《诗经·魏风》。魏风：周王朝时诸侯国魏国（在今河南北部、陕西东部、山西西南部和河北南部等）地区的民歌。② 十亩：指桑园面积有十亩地。兮（xī）：语助词，相当于现代的“啊”或“呀”。③ 桑者：采桑的人。闲闲：悠闲从容的样子。④ 行：行将，将要。子：泛指人。这里是诵诗者对劳动伙伴的称呼。还：回家。⑤ 泄（yì）泄：轻松快乐的样子。⑥ 逝：往。这句意思同“行与子还兮”。

【浅析】这是一首采桑人的歌唱，表现的内容是一群采桑女在紧张劳动后即将收工回家的情景。第一章写她们在桑园里相互打着招呼，约好一道回家。第二章写她们已走出桑园，快乐地谈笑着，一道走在回家的路上。全诗 6 句，每句结尾处都用了语气词“兮”字，很自然地拖长了声调，表现出一种舒缓轻松的气氛，与诗歌的情调内容相一致。



## 荆 轲

荆轲（？—前 227），战国末年卫国（今河南北部和河北南部一带）人。卫人称他“庆卿”。游历至燕国后，被称为“荆轲”（或荆叔）。由田光推荐给燕太子丹，拜为上卿。秦国军队灭赵国后将攻燕，太子丹派他入秦，以进献燕国地图和秦国逃将樊於期脑袋为名，去刺杀秦王嬴政。嬴政在咸阳宫召见荆轲时，他取出藏在地图里的匕首乘机行刺，未遂被杀。

### 易水歌①

风萧萧兮易水寒②，壮士一去兮不复还③。

【注释】① 易水：水名，源出河北省易县，是当时燕国的南界。② 萧萧：风声。③ 壮士：此为荆轲自称。兮（xī）：语助词，相当于现代的"啊"或"呀"。

【浅析】据《史记·刺客列传》记载，荆轲赴秦时，燕太子丹、宾客等人"皆白衣冠"送他到易水岸边。荆轲好友、擅长击筑（乐器名）的高渐离击筑相送，荆轲就唱了这首凄婉激烈的短歌。在场的人听了没有不流泪的。前句是对眼前景物的形象绘写，烘托出了生离死别的悲凉气氛；后句道出荆轲当时的真实心态，生动地表现出他慷慨赴死的侠士精神。

## 项 羽

项羽（前232—前202），名籍，字羽，下相（今江苏宿迁市西）人，秦末农民起义领袖之一。秦亡后，他自立为西楚霸王，建都彭城（今江苏徐州市）。随后与刘邦争夺天下。公元前202年，被刘邦围于垓下（今安徽灵璧县东南），后突围至乌江（今安徽和县东北），自刎而死。

### 垓下歌①

力拔山兮气盖世②，时不利兮骓不逝③。
骓不逝兮可奈何④？虞兮虞兮奈若何⑤？

【注释】① 垓下歌：项羽在垓下被刘邦军队所包围，兵少粮尽，深夜里听到四面都唱起楚歌，以为刘邦已尽占楚地，所以军中多楚人，十分惊惶。他起床饮酒，对着爱妾虞姬慷慨悲凉地唱了这首歌。后人称之为《垓下歌》。② 兮（xī）：语助词，相当于现代的"啊"或"呀"。气盖世：豪气举世无双。③ 时：天时，时势。骓（zhuī）不逝：战马不能快速奔跑，突破重围。骓，毛色青白相杂的马。项羽的坐骑名"骓"。④ 可奈何：可怎么办呢？⑤ 虞：指虞姬。奈若何：把你怎么安排啊？若，你。

【浅析】这首诗是项羽感到大势已去时所唱的悲歌。它是项羽即兴抒怀之作，情真意浓，感染力强。但是，项羽并没有认识到自己失败的根本原因是过于残暴，失去民心，却归结于"天时"不利，这是没有道理的。古人称该诗为七言短歌，认为它是唐代七言绝句的源头。

## 刘　邦

刘邦（前256—前195），字季，沛（今江苏沛县）人。陈胜起义时，他在沛地响应，称沛公，后成为秦末农民起义的领袖之一。秦亡后，他被项羽封为汉王，又与项羽进行了四年的"楚汉战争"，最后击败项羽，登皇帝位，建立汉朝。死后庙号高祖，史称汉高祖。

### 大风歌①

大风起兮云飞扬②，
威加海内兮归故乡③。
安得猛士兮守四方④？

【注释】① 大风歌：公元前195年，刘邦平定淮南王英布的叛乱，返回故乡沛县，在沛宫与乡间父老饮酒，席间击筑（古代的一种乐器）高唱这首歌。后世称《大风歌》。② 兮（xī）：语助词，相当于现代的"啊"或"呀"。③ 威加海内：威力遍及全国。海内，四海之内，即全国。古人认为陆地四周都是海，因此称全国范围之内为海内。④ 安得：怎样才能得到。猛士：勇士。四方：指边疆。

【浅析】此诗作于刘邦晚年。前两句用比兴的手法，总结了自己一生的战斗业绩；最后一句表达现时的愿望：希望得到一批既忠诚又勇猛的将士来守卫疆土，让汉朝的江山长治久安。从最后一句分析，刘邦当时似乎为手下缺乏“猛士”、政权能否长久而担忧。

## 梁　鸿

梁鸿（生卒年不详），字伯鸾，扶风平陵（今陕西咸阳市北）人，生活在东汉前期。家贫，曾受业于太学，博通群籍。后归乡里，娶同县孟光为妻，隐居于霸陵山（在今陕西西安附近）中，以耕织为业，后隐居于齐鲁之间，又往吴地谋生。《后汉书·逸民传》有传。今存诗3首。

### 五噫歌

陟彼北芒兮①，噫②！
顾瞻帝京兮③，噫！
宫阙崔巍兮④，噫！
民之劬劳兮⑤，噫！
辽辽未央兮⑥，噫！

【注释】① 陟（zhì）：升，登。北芒：一作“北邙”，山名，又名邙山、北山，在今河南洛阳城东北。当时的王室贵族死后多葬于此。② 噫：感叹声，类似于“唉”。③ 顾瞻：回头观看。帝京：京城。这里指东汉京都洛阳。④ 崔巍：高大。⑤ 劬（qú）劳：劳苦。⑥ 辽辽：辽远。未央：未尽。这句是感慨平民百姓的劳苦没有个尽头。

【浅析】梁鸿有一次东出函谷关登上北芒山，看到洛阳城里高大巍峨的宫殿，联想到统治者的奢侈生活，广大人民群众的艰辛劳作，感慨万端，便吟出了这首小诗。全诗前两句叙事，第三句描写，后两句抒情，结构自然、完整。每句诗都用一个“噫”字收束，鲜明地表达了作者极为丰富、深沉的感情。后来汉章帝看到此诗，很是不满，下令访拿他。梁鸿于是改名换姓，携妻子前往齐鲁之间避难。据此可见该诗的批判力量。



## 后汉桓灵时谣[①]

无名氏

举秀才，不知书[②]。察孝廉，父别居[③]。
寒素清白浊如泥[④]，高第良将怯如鸡[⑤]。

【注释】① 后汉：东汉。桓灵时：汉桓帝、灵帝在位的时候。这首民谣出自晋代葛洪的《抱朴子·审举篇》。② 举：推举。秀才：汉代设立的荐举科目。凡被推荐的人，必须具有才学。不知书：不识字。③ 察：考察举荐。孝廉：汉代设立的荐举科目，凡被推荐的人，必须孝敬父母，为人廉洁。父别居：同父母分开居住。古人认为这是不孝敬父母的表现。④ 寒素清白：指那些自称家世清贫、品行高洁的官吏。⑤ 高第：高大的门第，即名门大族。良将：优秀武将。怯如鸡：胆小如鸡。

【浅析】汉代选拔人才的制度，是以“察举”为主，也就是由地方官员察访人才，举荐朝廷。由于荐举权掌握在各级官僚手里，所以很容易产生办事不公、“走后门”现象，推荐出来的往往不是人才而是庸才。在政治腐败时期更是这样。这首民谣就尖锐地讽刺了东汉末年"察举"制度的虚伪，所选拔出来的"人才"都是些名不副实的家伙。

## 曹 植

曹植(192—232)，字子建，谯(今安徽亳县)人，曹操的儿子。他生性聪慧，五言诗写得很好。曹操很喜欢他，曾一度想立他为太子。其兄曹丕对他很嫉妒，登位后，一直压制他。曹植忧郁而死。他生前封陈王，死后谥思，世称陈思王。有《曹子建集》。

### 七步诗①

煮豆持作羹②，漉菽以为汁③。
其在釜下然④，豆在釜中泣。
本是同根生，相煎何太急⑤。

**【注释】**① 七步诗：出于《世说新语·文学》。一次，魏文帝曹丕命令曹植必须在走七步路的时间内写出一首诗，否则就要"行大法"(杀头)。曹植果然在七步内吟出了这首诗。② 羹(gēng)：用肉菜等制成的稠汤。③ 漉菽(lù shū)：过滤煮豆的汁液。菽，豆类的总称。④ 萁(qí)：豆类植物的茎秆，晒干后可作燃料。釜(fǔ)：古代的锅。然：同"燃"。⑤ 煎：煎熬。何太急：何必如此急切。

**【浅析】**曹丕要曹植在七步内作成一首诗，明显是借此迫害他。曹植心里当然明白这一点。所以他在诗里借咏"萁豆相煎"暗喻曹丕加害于自己。最后两句，表面是感叹豆萁煎豆太不应该,其用心是希望曹丕生出怜悯之情。据说曹丕看了这首诗,面上露出惭愧之色,打消了杀害曹植的念头。

## 陆　凯

陆凯(生卒年不详),字智君,代(今河北蔚县东)人。南朝时宋代文学家。做官时有"良吏"的美称。他的诗歌只有这一首流传下来。

### 赠范晔诗①

折梅逢驿使②,寄与陇头人③。
江南无所有,聊赠一枝春④。

【注释】① 范晔:南朝时宋代史学家,著有《后汉书》。② 驿(yì)使:驿站传送文书的人。驿站是官府设立在道路旁的机构,负责传送公文,转运官物,接待来往官员。③ 陇头:即陇山,在今陕西陇县西北,春天到来比江南稍晚些。范晔当时在长安(今陕西西安市),距陇头不远,所以称他"陇头人"。④ 聊:聊且,姑且。一枝春:指梅花。梅花开放,意味着春天的到来,所以这样称呼它。

【浅析】陆凯与范晔交情很好,但一在江南,一在长安,无法会面。恰巧有驿使要传递公文去长安,陆凯便托他捎上一枝梅花连同这首诗赠给范晔,借此表达自己对友人的不尽思念和美好祝愿。诗写得自然清淡,感情真挚。

## 何　逊

何逊（？—518），字仲言，郯（tán，今山东郯县）人。南朝时梁代诗人。他8岁就能写诗，诗风清新优美。晚年任庐陵王记室，人称“何记室”。有《何记室集》。

### 咏春风

可闻不可见，能重复能轻。
镜前飘落粉①，琴上响余声②。

【注释】① 这句的意思是，梳妆镜前，女子正在用香粉涂抹，有一些粉末落下，又被春风吹起，悠悠飘扬。② 这句的意思是，春风吹拂琴弦，把余响传向远方。

【浅析】春风看不见，摸不着，怎样写才能表现生动，确实不容易。这首诗前两句写得比较抽象，精彩的是后两句。它捕捉住春风能够飘落粉、送琴音的特点，使人不仅感受到春风的轻柔可爱，而且化无形为有形，美化了诗歌画面。

## 吴　均

吴均（469—520），字叔庠（xiáng），故鄣（今浙江安吉县）人，南朝时梁代文学家。当过文职散官“奉朝请”。他出身贫微，为人耿直，作诗模仿乐府，善于描绘山水，风格刚健清新。当时有些人仿效他，称“吴均体”。有《吴朝请集》等。

### 山中杂诗①

山际见来烟②，竹中窥落日③。
鸟向檐上飞，云从窗里出④。

【注释】①《山中杂诗》原题共有3首。② 山际：山间。来烟：飘来的炊烟。③ 窥：这里的意思是透过竹林的缝隙去观看。④ 这句的意思是，由于房屋构筑在高高的山上，从远处望去，浮动的白云像是从小窗子里飘出来似的。

【浅析】这首诗描绘山间黄昏时分的景象。由于诗人摹写了富有特征的景物，所以显得形象逼真，境界静谧优美。全诗虽然都是写景，但无一不是诗人眼中所见。这也反映了诗人陶醉于山间美景的愉悦、闲适心情。



## 江　总

江总(518—590)，字总持，考城(今河南兰考县)人。在梁、陈、隋三朝都做过大官。因为他当过尚书令，后人尊称为“江令”。在陈朝时常随陈后主游宴后庭，互作艳诗，时人称为“狎客”。善写五、七言诗。有《江令君集》。

### 于长安归还扬州，九月九日行微山亭赋韵①

心逐南云逝②，形随北雁来③。
故乡篱下菊，今日几花开④？

【注释】① 江总晚年由长安归江都(扬州府所在地，在今扬州江都市)，于农历九月九日到达微山亭作此诗。微山亭：在今山东微县。赋韵：赋诗。② 逐：追逐。南云：南去的云。逝：飞逝。③ 形：指诗人自己的形体。北雁：从北方飞往南方的大雁。④ 几花：多少花儿。

【浅析】前两句触景起兴，用对仗的句式，强调自己无论是"心"（思想）还是"形"（身体）都像"南云"、"北雁"那样匆匆南下。后两句因时生感，由九月九日重阳节登高赏菊的习俗产生联想，猜测故乡菊花是否开放。全诗抒发了作者无限思恋故乡、急于返回故乡的心情。

## 庾 信

庾信（513—581），字子山，南阳新野（今河南新野）人。他自幼聪颖，博览群书，擅诗文。初仕梁朝，任东宫学士、建康令等职。奉梁元帝命出使西魏，被迫留居长安。北周代魏，任骠骑大将军等职。有《庾子山集》。

### 寄王琳①

玉关道路远②，金陵信使疏③。
独下千行泪，开君万里书。

**【注释】**① 王琳，梁朝武将。② 玉关：玉门关，这里借指诗人所在地长安。③ 金陵：即建康（今江苏南京），梁朝的国都。信使：递送书信的使者。疏：稀疏，少。

**【浅析】**这首诗是庾信在长安收到王琳自金陵寄来的信件后所写的，"以诗代书"寄给了王琳。前两句写收信前的心理活动：身处西魏都城长安，距过去任职、生活的梁朝都城金陵路途遥远，再加上金陵使者罕至，很难得到故乡友人的来信，所以内心常感悲切。后两句写收到来信时的激动心情：在喜出望外、泪水涟涟的同时，迫不及待地拆开来自万里之外的信件。全诗以"书信"为构思中心，不用一个典故，语言朴素自然，虽然仅仅20个字，情感内容却十分丰富。

## 重别周尚书二首(其一)①

阳关万里道②,不见一人归。
唯有河边雁,秋来南向飞。

【注释】① 周尚书:即周弘正。他曾在梁朝任左民尚书,与庾信同朝为臣。原题有2首。② 阳关:古关名,在今甘肃省敦煌市西南,因在玉门关以南,故有此称。在汉朝,阳关属边陲地区。这里喻指作者所在地长安。

【浅析】周弘正在梁朝灭亡后又在陈朝为官。陈文帝天嘉元年(562),陈朝派遣周弘正去北周都城长安。天嘉三年,周弘正护送陈顼(xù,即后来的陈宣帝)自长安回到建康。一直想南归的庾信听到周弘正即将返回,而自己却只能久留北地,便借送别抒发满腹哀怨。前两句慨叹自己身处遥远之地而无法归去。次句中的"一人",是作者自道,意为别人都陆续回南方去了,只有自己一人欲归不能。"一人"与"万里"的对比,更凸现了作者处境的可怜。后两句借雁寄情,通过叙写雁能自由南飞来加倍衬托自己的无奈、可悲。据考证,周弘正回南方是在春正月,所以后两句所写并非生活中的实景,而是作者的想象之景。这就是古人写诗时常用的"缘情布景"的艺术技巧。

## 子夜歌(年少)①

南朝民歌

年少当及时②,蹉跎日就老③。

若不信侬语[4]，但看霜下草。

【注释】① 子夜歌：相传最初是晋代一个名叫子夜的女子所创作，后人把他人仿照她所创作、演唱的歌曲都叫子夜歌。《子夜歌》在宋代郭茂倩编的《乐府诗集》里共有42首。② 年少：年轻时。③ 蹉跎（cuō tuó）：不抓紧时间，白白浪费时光。日：一天天地。④ 若：如果。侬：我。吴地人自称为侬。

【浅析】时光如流水，一去不回头。这首诗告诫人们特别是青年人要好好珍惜时光。最后一句，用经过霜打的草很快就要死去作比喻，说明不珍惜时间，以后就会懊悔莫及。这个比喻浅显而又形象，很有启发性。

## 子夜歌（夜长）

南朝民歌

夜长不得眠，明月何灼灼[1]。
想闻欢唤声[2]，虚应空中诺[3]。

【注释】① 灼灼：明亮的样子。② 想闻：想象中听到。欢：对情人昵称。③ 虚应：徒然地回应。诺：应答的声音。

【浅析】这是一首恋歌，写一女子对情人的缠绵思念之情。首句说女子长夜难眠，蕴含着她有满腹的愁思。次句写女子望中所见，借灼灼明月婉曲地透露她盼望与心上人团圆的心思。后两句写她的心理、动作：在睡意蒙眬中，仿佛听见情人在亲切、小声地呼唤自己，便不由自主地回答了一声。但很快她便明白,并没有人唤她,刚才的应答声不过是空说空话罢了。该诗最大的特点是构思巧妙,借写女子的幻觉和幻觉中的应答,把她的至深之情和相思之苦生动逼真地呈现在读者面前。

## 子夜四时歌(秋歌)①

南朝民歌

秋风入窗里,罗帐起飘扬②。
仰头看明月,寄情千里光③。



**【注释】** ① 子夜四时歌:简称《四时歌》,又称《吴声四时歌》,是从《子夜歌》变化而来的歌唱一年四季(四时)的民歌曲调。宋代郭茂倩编《乐府诗集》里共收 75 首,其中《春歌》、《夏歌》各 20 首,《秋歌》18 首,《冬歌》17 首。② 罗帐:用绮罗缝制成的帐子。③ 寄情:寄托情意。千里光:指月光。明月的光辉能映照千里,所以这样称它。这句的意思是,把自己对远方亲人的深情蜜意,托付月光带给对方。

**【浅析】** 这首诗写闺妇秋夜思念远方亲人。当秋风吹入窗户、吹起罗帐的时候,躺在帐里的闺妇感受到了一阵寒意,也触发了她对正在千里之外服役的丈夫的深切思念。她披衣起床,仰望明月,忽发奇想:月光既能映照千山万水,也必定会照射到我丈夫身上。那么,我就拜托月光捎去我的思念之情好了。想象的奇特,正说明了闺妇的一片痴情。

## 敕勒歌[①]

北朝民歌

敕勒川[②]，阴山下[③]。
天似穹庐[④]，笼盖四野。
天苍苍[⑤]，野茫茫[⑥]，
风吹草低见牛羊[⑦]。

【注释】① 敕勒歌：选自《乐府诗集·杂歌谣辞》。敕(chì)勒：古代的少数民族之一，匈奴后裔，是今维吾尔族的主要族源。北朝时居住在今山西省北部地区。这首诗是流传在敕勒族中的民歌。② 敕勒川：指敕勒族游牧、居住的草原。③ 阴山：山脉名，位于今内蒙古自治区，长约1200公里，海拔约1500—2000米。④ 穹(qióng)庐：圆顶毡帐，俗称蒙古包。⑤ 苍苍：深青色。⑥ 茫茫：漫无边际的样子。⑦ 见：同“现”，显现、显露的意思。

【浅析】这首诗用自然流畅的语言，写出了我国北部边疆的广袤无边和优美的草原风光。风格劲健奔放，境界雄浑阔大。全诗虽然都是自然风物的描写，但读者可以感受到作者对于草原风光的自豪、热爱心情。

## 折杨柳歌辞[①]

北朝民歌

健儿须快马[②]，快马须健儿[③]。

跸跋黄尘下[4]，然后别雄雌[5]。

【注释】① 此诗选自郭茂倩《乐府诗集》卷 25《横吹曲辞》。原题共有 5 首。② 健儿：英武强健的年轻人。③ 这句的意思是，快马须有健儿驾驭，才能体现它的价值。④ 跸(bié)跋：象声词，形容马蹄击地发出的声音。⑤ 别：区别，鉴别。雄雌：借指骑术的高下。

【浅析】这首民歌出语豪快，一气呵成，反映了北方游牧民族善骑射、尚勇武、好争胜的民情风俗。第一、二句的五字完全相同，只是颠倒了词序，便产生了奇妙的强调效果，最能体现出民歌特色。



## 薛道衡

薛道衡(540—609)，字玄卿，汾阴(今山西万荣县)人。在北齐、北周、隋朝都做过官，隋朝时官至司隶大夫。后因得罪隋炀帝，下狱缢死。他在当时很有文名，诗风以绮丽为主。有《薛司隶集》。

### 人日思归[1]

入春才七日，离家已二年[2]。
人归落雁后[3]，思发在花前[4]。

【注释】① 人日：农历正月初七。古代习俗，称农历正月初一至初七日分别为鸡日、狗日、猪日、羊日、牛日、马日、人日。② 这两句的意思是，进入新春虽然仅仅七天，但由于是在年前就离家出发的，所以已横跨了两个年头。③ 这句的意思是，自已归乡的日期，将落在大雁飞返北方之后。大雁在春天自南方飞返北方。④ 思：心思。这句的意思是，自己归乡的念头，早在春天花开之前就已有了。

【浅析】 薛道衡入隋朝做官后，曾奉命出使南方的陈国(都城在今江苏南京市)。这首诗即作于他逗留陈国期间。后两句是历代传诵的佳联，对仗工整，音韵谐美，意蕴很深。思归之心很早就有，但实际归去的时间尚未有定期，怎不使他焦急万分呢。尤其是诗人拈出“归雁”作为反衬，含蓄地点出“人不如雁”的处境，增添了抒情的深度。

## 杨 广

杨广(569—618)，即隋炀帝。弘农华阴(今陕西华阴县)人，隋文帝杨坚次子，在位14年。他即位后大兴徭役，营建东都洛阳，开凿大运河，筑长城，辟驰道。又三次入侵高句丽，屡游江都(今江苏扬州市)，穷奢极欲，致民怨沸腾。部下宇文化及等发动兵变，杨广被缢杀。谥号炀帝。杨广工诗能文，开诗赋取士制度。有《隋炀帝集》。

### 春江花月夜①

暮江平不动②，春花满正开③。
流波将月去④，潮水共星来⑤。

【注释】 ① 春江花月夜：乐府吴声歌曲名，原为南朝陈后主(陈叔宝)作。② 平不动：江面无风无浪，波平如镜。③ 这句是说，岸边满是一簇簇、一片片的花儿，正在次第开放。④ 将：“与”的意思。这句是说，流动的波浪与倒映在水面的明月一起流淌而去。⑤ 这句是说，夜潮来临，与倒映在水面的星星一起涌向岸边。

**【浅析】** 这四句诗，紧扣着题目落笔。首句点暮江，次句点春花，三四句带江点月，以星作为陪衬。全诗语言清新自然，饶有画意。后两句虽是对偶句，却不乏灵动的韵致。古人认为这首诗"即唐人能手，无以过之"。

## 孔绍安

孔绍安(577—约622)，山阴(今浙江绍兴市)人。年少时即好学，以文词知名，经历了陈、隋、唐三朝。今存诗近10首。

### 落　叶

早秋惊落叶①，飘零似客心②。
翻飞未肯下，犹言惜故林③。

**【注释】** ① 惊落叶：树叶好像受惊似的，纷纷飘落下来。② 客心：漂泊他乡的游子心情。③ 犹言：好像在说。惜：舍不得。

**【浅析】** 诗的前两句以早秋落叶的飘零比喻游子的浪迹天涯；后两句用拟人手法，说落叶留恋故林，寄托自己思念故乡的眷眷深情。全诗紧扣落叶着墨，即景生情，寓托自然。

# 送别诗[1]

无名氏

杨柳青青着地垂，杨花漫漫搅天飞[2]。
柳条折尽花飞尽[3]，借问行人归不归[4]？

【注释】① 据崔琼《东虚记》说，此诗产生于隋朝大业(605—617)年间。② 杨花：又名柳絮，指晚春时杨柳所结籽上的白色绒毛。漫漫：众多的样子。搅(jiǎo)天飞：漫天乱飞乱舞。③ 柳条折尽：古代在分离时有折柳赠别的习俗。原因有二：一是柳谐音“留”，表示留恋难舍的情意；二是因为柳生命力特强，赠柳给行人，有祝愿行人能像柳那样很快适应新环境的意思。④ 行人：出行在外的人。

【浅析】这首诗题为“送别”，其实是写闺妇盼望行人归来的焦灼心理。当初送他出门，正是“杨柳青青着地垂”的早春，如今已到了“杨花漫漫搅天飞”的暮春，怎么还不见他的踪影呢？最后一句，表面看是写她对行人的不满和怨怪，其实正透露出她内心深处对行人的惦念和关切。诗借柳的变化表现时间的转换，手法自然高妙。

# ·唐、五代（106首）·

## 虞世南

虞世南(558—638)，字伯施，余姚(今浙江余姚县)人。唐初的宫廷诗人，著名书法家。《全唐诗》录存其诗32首。另编有《北堂书钞》160卷，是现存的著名类书之一。



### 蝉①

垂緌饮清露②，流响入疏桐③。
居高声自远④，非是藉秋风⑤。

【注释】①蝉：一种昆虫，俗称"知了"，雄的腹部有发音器，能连续不断地发出洪亮的声音。②垂緌(ruí)：是说蝉的头部有伸出的触须，形状好似下垂的冠缨。緌，古人结在颔下的帽带的下垂部分。这句是说，蝉儿栖息在高枝上，以吸饮洁净的露水为生。③流响：像流水一样连续不断的蝉鸣声。疏桐：枝叶稀疏的梧桐树。④居高：身居高处。⑤藉：凭借。

【浅析】诗中蝉的形象十分清高。它身居高处，吸饮的是不染纤尘的清露，又能不依靠外力而把声音传向远方。诗人以赞颂的笔调写蝉，也隐隐流露出他的人生哲学：一个人只要立身高洁，又有真才实学，就无须外界揄扬，自能声名远播。

## 咏萤火[1]

的历流光小[2]，飘摇弱翅轻[3]。
恐畏无人识，独自暗中明。

【注释】① 萤火：萤火虫。一种小昆虫，腹部末端有发光的器官，能发出带绿色的光。白天伏在草丛里，夜晚飞出来。② 的历：光亮、鲜明的样子。③ 弱翅：软弱柔小的翅膀。

【浅析】前两句描写萤火虫闪烁着淡绿色的微光在夜间轻盈飞舞的形态；后两句揣想它"独自暗中明"的原因——是担心没人了解它。萤火虫发光夜飞是自然现象，并无功利目的，诗人这样写，正曲折地表现了他内心深处渴望被人赏识。

# 宋之问

宋之问（约656—712），一名少连，字延清，汾州（今山西汾阳市）人。在武则天掌权时期做过官，后被唐玄宗赐死。与沈佺期齐名，都是著名的宫廷诗人。所作大都内容空乏，文辞靡丽。对格律诗形式的定型颇有影响。《全唐诗》录存其诗3卷。

## 渡汉江[1]

岭外音书断[2]，经冬复历春。
近乡情更怯[3]，不敢问来人[4]。

【注释】① 汉江：在襄阳附近的一段汉水。此诗是作者被贬官泷州（今广东罗定县）后逃回，途经汉江时所作。② 岭外：五岭以外，即岭南，今广东省一带。音书：音讯、书信。③ 近乡：离家乡越来越近。作者渡过汉江后，离家属所在的洛阳一天天接近。情更怯：心情变得更加紧张、胆怯。④ 来人：指从家乡来的人。

【浅析】这首诗的后两句非常真实、细腻地写出了离乡日久的游子即将回到故乡时的复杂心情。一般说来，离乡时间越长，越想知道家乡、亲人的情况。但是，由于社会动荡不安，世事变化很快，说不定听到的消息将是令人失望甚至悲伤的，所以又不敢向人打听。诗人把人们普遍具有的一种内心活动，通过这10个字活灵活现地表现了出来。



## 贺知章

贺知章(659—744)，字季真，自号四明狂客，永兴(今浙江萧山)人。主要在玄宗朝做官，晚年还乡为道士。为人风流倜傥，与李白、张旭等合称“饮中八仙”。《全唐诗》存其诗19首。

### 回乡偶书①

少小离家老大回②，乡音无改鬓毛衰③。
儿童相见不相识，笑问“客从何处来”？

【注释】① 偶书：因偶然的感触而写。原题共有2首。② 少小：年少，年轻时候。老大：老年的时候。贺知章年轻时离开故乡，到80多岁才离开京都归还故乡。③ 乡音：家乡口音。鬓毛衰(cuī)：指头发变白、稀疏。鬓毛：双颊耳朵间的头发。

【浅析】字面浅显而内涵丰富，笔调轻快而情感凝重，是这首诗的主要特点。前两句抒写诗人年迈还乡时的感慨：一方面是“乡音无改”，似乎离乡的日子并不很久；另一方面是“鬓毛衰”，说明离乡确实已经很久，昔日的英俊少年已成为白发老人。言语间含蕴着人生短暂的无穷悲慨。后两句描写回乡时的一个小细节，从表面看是轻松活泼、情趣盎然，但实际上反映了诗人内心深处的怅惘、感伤。人事变化太快，故乡的新一代已不认得自己了。

## 咏 柳

碧玉妆成一树高①，万条垂下绿丝绦②。
不知细叶谁裁出？二月春风似剪刀。

**【注释】**① 碧玉：青绿色的玉石。这句是说，早春二月的柳枝一片青翠，好像是用碧玉妆饰而成的。② 丝绦（tāo）：用丝线编织的绳或带。这句是说，无数倒垂的柳枝条儿随风飘拂，就像绿色的丝带。

**【浅析】**前两句运用比喻手法展现了二月柳枝的基本特征：一是整树呈现出赏心悦目的绿色；二是柳条的众多、柔软。后两句用设问的句式，赞美了柳叶的精美、小巧和春风化育万物的力量。诗人通过对整树、枝条、细叶的逐一描绘，表达了对早春之柳的由衷喜爱。末句“春风似剪刀”的比喻，当时从未有人道过，令人过目不忘，拍案叫绝。

## 王之涣

王之涣(688—742),字季凌,晋阳(今山西太原市)人。开元年间,做过主簿、县尉一类小官。被人陷害,弃官而去。他的诗以边塞诗享盛名,曾与高适、崔国辅等著名诗人唱和。今存诗6首。

### 凉州词①

黄河远上白云间,一片孤城万仞山②。
羌笛何须怨杨柳③,春风不度玉门关④。

古小诗精华

【注释】① 凉州词:一名凉州歌。原是依凉州(今甘肃武威)地方乐调制作的歌词,唐代诗人多用此调描写塞上风光和战争场景。② 万仞(rèn):形容极高。古时以七尺或八尺为一仞。③ 羌笛:羌族的乐器。杨柳:即乐府横吹曲《折杨柳歌》。古人有折柳赠别的习惯。这句是说,羌笛何必吹出《折杨柳歌》那样悲怨的曲调? ④玉门关:在今甘肃敦煌西,是古代通往西域的要道。

【浅析】前两句展示了边地苍莽雄浑的风光,后两句用象征手法,说玉门关外没有春风,是怨怪朝廷对边关将士不关心,不给予温暖。此诗写景气象壮阔,运思独特新颖,在表达对远征士兵的深切同情时,则含蓄深沉,耐人寻味。

## 孟浩然

孟浩然(689—740),襄阳(今湖北襄阳)人,世称孟襄阳。他一生沦落,却名重当世。山水诗成就很高,诗风与王维近似,故历来王孟并称。有《孟浩然集》。

## 宿建德江[①]

移舟泊烟渚[②]，日暮客愁新[③]。
野旷天低树[④]，江清月近人[⑤]。

【注释】① 建德江：今新安江流经浙江建德县一段。② 烟渚：水中的小洲（陆地）烟雾蒙蒙。③ 客愁新：作客他乡引起新的愁思。④ 野旷：原野空旷。⑤ 月：指江中的月影。这两句的意思是，放眼望去，原野极为空旷，远处的天空反而比树木还低；俯视江水，月亮映在清清的水中，似乎与人十分亲近。

【浅析】前两句写夕阳黄昏时旅人的愁思；后两句写原野空旷，只有江月伴人，反衬了旅人孤独、寂寞的心情。全诗没有用一个"秋"字，但秋景历历如在目前，并且景中蕴情，情景相生，使人感到余味无穷。

## 春　晓[①]

春眠不觉晓[②]，处处闻啼鸟。
夜来风雨声，花落知多少[③]？

【注释】① 春晓：春天的早晨。② 不觉晓：不知不觉中天已亮了。③ 知多少：不知道有多少。

【浅析】首句写春眠初醒的感觉；二、三句从听觉角度着笔，写春之声——鸟啼声和风雨声；末句写心中所想，由风雨声想到花被吹打凋落，抒发爱春、惜春的感情。诗的语言明白如话，意蕴丰厚，表现了诗人对好景不长的无限惆怅。

## 王昌龄

王昌龄(？—约756),字少伯,京兆长安(今陕西西安市)人。因做过江宁(今江苏南京市)县丞、龙标(今湖南黔阳县)县尉,后人又称他为“王江宁”、“王龙标”。擅长七绝,尤以写边塞、闺怨、别情为世所传诵,有“诗家夫子王江宁”之称。今存诗180多首。

### 出　塞①

秦时明月汉时关②,万里长征人未还。
但使龙城飞将在③,不教胡马度阴山④。

**【注释】** ① 出塞:乐府《横吹曲》旧题,汉武帝时乐工李延年所作,声调雄壮。唐代诗人多用此调描写将士的边塞生活和边塞战事。② 关:关塞。此处“秦月”、“汉关”为互文对举,即秦汉时的明月映照着秦汉时的关塞。③ 但:只要。龙城:今河北卢龙县。飞将:汉右北平太守李广,勇敢善战,被匈奴称为“飞将军”。④ 胡马:这里借指外族入侵者。胡,古时汉族对西北少数民族的通称。阴山:今内蒙古境内的阴山山脉,是古代抵御北方民族的屏障。

**【浅析】** 前两句刻画月照关塞的典型环境,极其概括地从秦汉时代的边境战争一直写到唐代;后两句借怀念历史名将,表现了戍边士兵对无能将领的不满和不让外敌入侵的坚定决心。有人认为它是唐人七绝的压卷之作。

## 闺 怨[1]

闺中少妇不知愁，春日凝妆上翠楼[2]。
忽见陌头杨柳色[3]，悔教夫婿觅封侯[4]。

【注释】① 闺怨：少妇的哀怨。闺，妇女的卧室。② 凝妆：严妆，着意打扮。翠楼：即青楼，古代富贵之家楼房多用青色涂饰。③ 陌头：大道边。④ 夫婿：对丈夫的敬称。觅封侯：指从军立功获取封侯爵位。

【浅析】题目叫"闺怨"，但诗的前两句却写闺妇的"不知愁"：着意打扮，登楼赏春；后两句说她"忽见"杨柳新绿，顿生思念远方亲人之心，后悔当初劝丈夫从军立功。全诗从"不知愁"到"悔"，细腻而含蓄地写出了闺中少妇的心理状态及其微妙变化。

## 长信秋词[1]

奉帚平明金殿开[2]，且将团扇共徘徊[3]。
玉颜不及寒鸦色[4]，犹带昭阳日影来[5]。

【注释】① 长信秋词：一作长信怨，乐府《相和歌·楚调曲》，原题共有5首。长信：汉代的长信宫。西汉成帝的姬妾班婕妤最初很受宠爱，后来汉成帝爱上了别人。她主动请求去长信宫侍奉太后，以了余生。② 奉帚：指手持扫帚。平明：天刚亮时。金殿：宫殿。③ 将：拿着。团扇：圆形的扇子。④ 玉颜：洁白如玉的容颜。寒鸦：秋天的乌鸦。⑤ 昭阳：昭阳殿，汉成帝经常住在那里。日影:古人常以日喻君,这里指皇帝的恩泽。

【浅析】这首诗以汉喻唐,写宫廷妇女的悲苦生活和怨愤之情。前两句写班氏退居长信宫后的无聊生活与孤寂心情;后两句说玉颜比不上寒鸦,极其含蓄地刻画出失宠宫女的羡慕、妒忌、怨恨心理。此诗构思精巧,想象奇特,含意丰富。

## 送柴侍御①

流水通波接武冈②,送君不觉有离伤。
青山一道同云雨,明月何曾是两乡。

【注释】① 柴侍御:王昌龄的朋友。侍御,官职名。这首诗是王昌龄送柴侍御赴武冈而作。② 武冈:今湖南武冈县。

【浅析】首句说明送别地和武冈流水相通,波澜相接,意在表明两地相近;次句径直说出自己的情绪感受,寓劝慰对方之意;三、四两句写两乡犹如同乡,云雨相连,明月共睹,用形象化的笔墨表达了对朋友的宽慰,同时也渗透了诗人深挚不渝的友情和别后的思念。此诗一反送别诗常见的凄伤、低沉情调,表现了诗人旷达的胸怀和乐观的精神。

## 王 维

王维(701—761),字摩诘,蒲州(今山西永济县)人。曾官至尚书右丞,世称王右丞。因他信奉佛教,诗中多寓佛理,又被称为"诗佛"。他是盛唐山水田园诗派的杰出代表,与孟浩然并称"王孟"。后人又把他和李白、杜甫、白居易并称为唐代四大诗人。有《王右丞集》。

## 九月九日忆山东兄弟[①]

独在异乡为异客[②]，每逢佳节倍思亲。
遥知兄弟登高处[③]，遍插茱萸少一人[④]。

【注释】① 九月九日：指农历九月初九，即重阳节，也称重九。山东：指华山以东，作者的家乡蒲州。② 独：孤身一人。异乡：他乡。异客：他乡之客。③ 登高：古时习俗，每年九月九日重阳节这天，人们都要登高避灾。处：时。这句的意思是，我在远方想到兄弟们在重阳节登高之时。④ 茱萸（zhū yú）：一种有浓烈香味的植物。据说重阳登高，身佩茱萸，可以避邪。

【浅析】这是王维17岁时写的一首怀乡诗。首句用一个"独"字、两个"异"字，反映此刻心情的孤独寂寞；次句的"倍"字极有分量，说明不仅佳节思念，平时也在思念；末两句从对面写来，刻画兄弟们重九登高思念自己的情景，足见他们兄弟之间的感情十分深厚。

## 送元二使安西[①]

渭城朝雨浥轻尘[②]，客舍青青柳色新[③]。
劝君更尽一杯酒[④]，西出阳关无故人[⑤]。

【注释】① 元二：不详何人。使：出使。安西：唐中央政府为统辖西域地区而设的安西都护府的简称，在今新疆库车县。② 渭城：故址在今陕西西安西北渭水北岸。浥（yì）：湿润。这句的意思是，渭城早晨的细雨使尘土沾湿，不再飞扬。③ 客舍:指饯别的处所。这句是说,雨后客舍旁的柳枝显得青翠新鲜。④ 君:你。这里指元二。尽:喝干。⑤ 阳关:今甘肃敦煌县西南。故人:旧友。

【浅析】前两句写送别的时间、地点、环境,展示了一幅清新晴朗的图景;后两句选取饯行宴席时的情景:殷勤劝酒,依依话别,表达了诗人与朋友真诚的友谊和深挚的惜别之情。此诗后被谱入乐府,当成送别曲,并把末句反复重叠歌唱,称为《阳关三叠》,又称《渭城曲》,是流行最广、传唱最久的歌曲。

## 鸟鸣涧[1]

人闲桂花落[2],夜静春山空。
月出惊山鸟,时鸣春涧中。

【注释】① 这首诗是《皇甫岳云溪杂题五首》中的一首,咏写友人皇甫岳云溪别墅的景色。涧:两山夹水而流,称为"涧"。② 闲:寂静。桂花:桂花有春桂花、秋桂花等不同种类,这里写的是春桂花。

【浅析】前两句以桂花坠落来烘托春山夜间的寂静;后两句以月出而使宿鸟惊鸣,进一步写出春山月夜幽静的景色。此诗构思精巧,以静写动,以动形静。花落、月出、鸟鸣虽是动景,却映衬出春山的静谧。与南朝诗人王籍的名句"蝉噪林逾静,鸟鸣山更幽"(《入若耶溪》)为同一笔法而更为含蓄。

## 杂　诗

君自故乡来，应知故乡事。
来日绮窗前①，寒梅著花未②？

**【注释】** ① 来日：从故乡动身的那一天。绮窗：雕绘着花纹的窗。② 著花未：开花了吗？

**【浅析】** 这首诗写离乡人遇见来自故乡的朋友，从而激起了强烈的乡思情感。离乡人对家乡之事，最关心的是窗前寒梅，婉曲地表现出一种超尘脱俗的思想感情。诗写得颇似民歌，节奏明快，清新自然。

# 李　白

李白（701—762），字太白，号青莲居士，祖籍陇西成纪（今甘肃平凉市和天水市辖区内），出生在中亚的碎叶（今吉尔吉斯斯坦共和国境内），幼时随父亲迁居绵州昌隆（今四川江油市青莲乡）。21岁出蜀漫游。玄宗天宝元年（742），供奉翰林，因蔑视权贵，一年多后即遭谗去职。安史之乱时，因参加永王李璘幕府，被流放。中途遇赦放还。宝应元年病逝于安徽当涂。他是我国文学史上继屈原之后又一位伟大的浪漫主义诗人，所作诗歌热情奔放，才气纵横，语言清新活泼，对后世有深远的影响，人称“诗仙”。今存诗近千首，有《李太白集》。

## 黄鹤楼送孟浩然之广陵①

故人西辞黄鹤楼②，烟花三月下扬州③。
孤帆远影碧空尽④，唯见长江天际流⑤。

【注释】① 黄鹤楼:旧址在今湖北武汉长江大桥武昌桥头黄鹤矶上,背靠蛇山,俯瞰长江。之:到。广陵:今江苏扬州市。② 故人:老朋友,指孟浩然。辞:告别。因黄鹤楼在广陵之西,所以说"西辞"。③ 烟花:形容春天浓丽的景色。④ 孤帆:一只帆船。碧空尽:在青碧色的天空中消逝了。这句是说,孤帆远去,消失在碧空尽头。⑤ 唯:只。天际:天边。

【浅析】前两句交代送别的地点、时令及行人的去向,暗含对朋友的羡慕;后两句着力描写诗人送别时所见到的江上景象,含蓄而生动地表达了对朋友的依恋深情。此诗境界阔远,饶有神韵。



## 早发白帝城[1]

朝辞白帝彩云间[2],千里江陵一日还[3]。
两岸猿声啼不住,轻舟已过万重山。

【注释】① 这首诗是唐肃宗乾元二年(759)李白流放夜郎(今贵州遵义市附近)途中遇赦,从白帝城返回江陵时所作。白帝城:在今四川奉节县东白帝山上。② 辞:辞别。彩云间:白帝城地势高峻,如在云中,早晨云霞灿烂,所以这样说。③ 千里:大略的说法,指由白帝城到江陵的路途很远。江陵:今湖北江陵县。

【浅析】诗的首句描写白帝城的高耸,是为突出船走得快。次句用"千里"和"一日"作悬殊对比,表现了诗人对船行之速的痛快感受。后两句既是写景,又是比兴,以轻舟瞬息千里的速度衬托遇赦获归时的欢愉心情。全诗气势奔放,笔调轻快。

## 望庐山瀑布[1]

日照香炉生紫烟[2]，遥看瀑布挂前川。
飞流直下三千尺，疑是银河落九天[3]。

【注释】① 庐山：在今江西九江市南。② 香炉：庐山的香炉峰。紫烟：在日光照射下的水气，呈现出一片紫色的烟雾。③ 九天：指天的最高处。

【浅析】诗的首句以香炉生烟为喻，点出瀑布的所在地；次句直叙遥望中的瀑布；三、四句以浪漫的想象、高度夸张的比喻，写出了庐山瀑布的壮观景象。诗从空中落笔，瀑布的气势、精神历历如绘，也展现了诗人开阔的胸襟和昂扬的气概。

## 静夜思

床前明月光，疑是地上霜[1]。
举头望明月，低头思故乡。

【注释】① 疑：疑心。

【浅析】望月怀乡，是古典诗词的常见意象。该诗前两句从“月光”与“霜”的类比中，暗示了作客他乡之苦，朦胧飘忽；后两句以“举头”、“低头”形象地表达出游子思乡的神情和心态。全诗只用寻常口语，毫不费力，但月夜思乡的独特感受却表现得十分真切。

## 玉阶怨[1]

玉阶生白露，夜久侵罗袜[2]。
却下水晶帘[3]，玲珑望秋月[4]。

【注释】① 玉阶怨：属乐府《相和歌·楚调曲》。玉阶：皇宫里用玉石砌成的台阶。② 侵罗袜：是说露水打湿了用轻罗制成的袜子。③ 却：仍，还。④ 玲珑：清澄明亮的样子。这句的正常语序应是"望玲珑秋月"。

【浅析】这是首宫怨诗。前两句写宫中女子无言独立玉阶，夜深露重，已沾湿了她的罗袜；后两句由室外转到室内，说她仍无睡意，在隔帘遥望玲珑秋月，怀念远方的亲人。通篇纯是场景、动作描写，没有用一个"怨"字，但怨意深藏其中。



# 王　翰

王翰（生卒年不详），字子羽，晋阳（今山西太原市）人。青年时豪放不羁，能写歌词，自歌自舞，常与才士豪侠饮乐。诗多壮丽之词。约卒于开元后期（735—741）。今存诗14首。

## 凉州词[1]

葡萄美酒夜光杯[2]，欲饮琵琶马上催[3]。
醉卧沙场君莫笑[4]，古来征战几人回。

【注释】① 凉州词：见第26页王之涣《凉州词》注释。② 夜光杯：白玉做成的酒杯。传说周穆王时西胡曾进献夜光杯,能光明照夜。③ 琵琶马上:是“马上琵琶”的倒文。催:催人速饮。④ 沙场:平沙旷野。

**【浅析】** 前两句写边塞战士战罢回营、设酒作乐的欢快情景;后两句借醉卧沙场的战士之口,说出一番令人深思的话语,既慷慨,又悲凉,表达了出征壮士的旷放性格和内心深处的悲苦。明人王世贞推之为唐人七绝压卷之作。

## 李适之

李适之(生卒年不详),一名昌,唐王朝宗室。他喜欢饮酒,性格疏直坦荡。天宝元年(742)代牛仙客为相,有美誉。李林甫很嫉妒他,极力排斥。罢相后又被远贬,饮药酒自杀。《全唐诗》存诗2首。

### 罢相作

避贤初罢相①,乐圣且衔杯②。
为问门前客③,今朝几个来?

**【注释】** ① 避贤:避让贤人。② 乐圣:喜欢饮酒。圣,清酒的代称。且:姑且,暂且。衔杯:指喝酒。③ 为问:一作“借问”。门前客:指登门拜访、求援的宾客。

**【浅析】** 这是官场失意人的牢骚之作。前两句作旷达语:既然有人比我贤明,我自应让出位子;本性喜欢喝酒,何妨整天捧个酒杯。后两句才吐出真言:昔日奔趋门下的如云宾客,今天还有几个会来啊?显而易见,该诗的中心意思是抨击世态的炎凉,抨击趋炎附势的龌龊小人。

## 张　旭

张旭(生卒年不详),字伯高,吴(今江苏苏州市)人。曾任常熟县尉。是唐代著名书法家,善草书。平日嗜酒,常常醉后呼啸狂走,索笔挥洒,世称“草圣”、“张颠”。与李白友善。今存诗6首。

### 山中留客

山光物态弄春晖①,莫为轻阴便拟归②。
纵使晴明无雨色③,入云深处亦沾衣④。

【注释】① 山光:山色。物态:万物的姿态。弄春晖:随着春天的阳光忽隐忽现而不断变化。② 拟归:想回去。这句劝客人不必因为天气微阴便打算回家。③ 纵使:即使。④ 这两句是说,即使是无雨的晴天,在这云封雾锁的深山里,衣服也会被水气沾湿的。

【浅析】客人想走,主人挽留,这是生活中常见的现象。诗人不是用一般的客套话去挽留,而是针对客人的心理,用春山的美景和自己的感受,巧妙地诱导客人留下来。此诗把写景、抒情、说理融在一起,婉转跌宕,语浅情深。

## 高　适

高适(约702—765),字达夫,一字仲武,渤海蓨(tiáo,今河北景县)人。早年贫困,性格落拓,不拘小节,长期过着流浪生活。官终左散骑常侍。他曾两次出塞,对边塞生活有着亲身感受。在唐代边塞诗中,他的诗成就很高,与岑参齐名,世称“高岑”。有《高常侍集》。

## 别董大[1]

千里黄云白日曛[2]，北风吹雁雪纷纷。
莫愁前路无知己，天下谁人不识君。

【注释】① 董大：高适友人，可能是指唐玄宗时著名的音乐家董庭兰。② 黄云：塞外风沙满天，所以说云也呈黄色。曛（xūn）：太阳落山时日色昏暗的样子。

【浅析】前两句描绘了北风呼啸、大雪纷飞的严冬景色，烘托了与朋友的离别之情；后两句勉励他不要为今后忧虑，要相信自己的真才实学一定能得到人们赏识。此诗虽为送别而作，却没有送别诗常见的凄楚感伤情调，表现了诗人开朗、达观的情怀。

# 张 谓

张谓（约721—约780），字正言，河内（今河南沁阳县）人。曾在边塞从军多年。与李白有过交往。所作诗歌有一定的社会意义。《全唐诗》录存其诗40首。

## 早 梅

一树寒梅白玉条[1]，迥临村路傍溪桥[2]。
不知近水花先发，疑是经冬雪未消。

【注释】① 寒梅：寒冬时候的梅花。白玉条：缀满白色花朵的梅枝如同白玉琢成。② 迥（jiǒng）：远。傍：靠近。

【浅析】诗中所写的梅树由于傍溪桥而生，有“近水”的地理优势，所以开花特早。诗人乍见一树洁白如玉的梅花，疑以为是经冬未消的积雪黏附在梅枝上。通过描写错觉，突出了这树梅花的“早”和“白”。

## 刘长卿

刘长卿(709—约786)，字文房，河间(今属河北省)人。曾任随州(今湖北随州市)刺史，世称“刘随州”。因刚正不阿，两次被贬官。他的诗以五、七言近体为主，尤擅长五言律诗，自称“五言长城”。有《刘随州集》。



### 送灵澈上人①

苍苍竹林寺②，杳杳钟声晚③。
荷笠带夕阳④，青山独归远。

【注释】① 灵澈(chè)上人：中唐时期的著名诗僧。上人，对僧人的敬称。② 苍苍：青翠茂密的样子。竹林寺：在润州(今江苏镇江市)南。③ 杳(yǎo)杳：深远的样子，这里指钟声悠扬。④ 荷笠：背负斗笠。

【浅析】前两句写景：竹林寺外，林木苍苍，钟声悠扬；后两句写上人背负斗笠，身披夕阳余晖，独自向远方的青山走去。全诗有声有色，诗中有画，借景抒情的技巧很高，诗人目送灵澈远去的离别之情跃然纸上。

## 杜 甫

杜甫(712—770),字子美,自称少陵野老或杜陵野客,祖籍襄阳(今湖北襄阳市),生于巩县(今河南巩义市),是我国文学史上最杰出的现实主义诗人。他自幼聪慧勤学,7岁就能作诗。青年时期有过一段快意生活。中年以后,虽然也做过一段时间的小官,但总是生活坎坷,长时间地经受着冷遇、战乱、饥饿和贫困。晚年携家出蜀,病死在由长沙去岳阳途中的一条破船上。他的诗反映了当时许多重大的历史事件和社会问题,被誉为“诗史”。他又被称为“诗圣”、“情圣”。沉郁顿挫是其诗歌的基本风格。今存诗1400多首,有《杜少陵集》。

### 绝 句

两个黄鹂鸣翠柳①,一行白鹭上青天。
窗含西岭千秋雪②,门泊东吴万里船③。

【注释】① 黄鹂:黄莺。翠柳:绿色的柳树。② 含:从窗中远看西岭白雪,所以用“含”。西岭:指岷山。千秋雪:千年不化的积雪。③ 东吴:泛指长江下游江南一带。这句是说,门外停泊着要到万里之外东吴去的船只。

【浅析】这首诗是杜甫寓居成都草堂时所作。诗中铺排描写了四种景象:两个黄莺在青翠的柳树丛中鸣叫,一行白鹭向万里碧空飞去,西岭上积聚着千年不化的皑皑白雪,草堂门外的浣花溪中停泊着即将起航的万里行船。这些景象构成了一幅明丽清新、层次分明的图画,寄托了诗人欢悦轻快的思想感情。

## 八阵图[1]

功盖三分国[2]，名成八阵图[3]。
江流石不转[4]，遗恨失吞吴[5]。

【注释】① 八阵图：相传三国时诸葛亮为推演兵法而布置的阵图。八阵是指天、地、风、云、龙、虎、鸟、蛇八种阵势。② 盖：超、越。三分国：三分天下之国，即魏、蜀、吴。③ 这句是说，诸葛亮以善于练兵排阵而出名。④ 石不转：相传夔州（今重庆奉节县）八阵图石，江水不能冲散。⑤ 对这句诗有好几种不同的解释，较合理的一种是：诸葛亮的千秋遗恨在于，不能制止刘备讨伐孙吴。

【浅析】这是首怀古诗。前两句赞颂诸葛亮的丰功伟绩和杰出的军事才能，后两句抒发感慨，批评刘备不听从诸葛亮联吴抗魏的主张，反而去讨伐吴国，最后导致了蜀国的灭亡。全诗表达了作者对诸葛亮极其崇敬而又为之惋惜的情感。在写法上，此诗将议论和抒情融为一体，寄意深远。

## 岑 参

岑参（约715—770），江陵（今属湖北省）人，祖籍南阳（今河南南阳市）。父亲早死，少年孤寒。他在边塞生活多年，是盛唐时享有盛名的一位边塞诗人，与高适齐名，并称“高岑”。因曾任嘉州刺史，世称岑嘉州。有《岑嘉州集》。

## 逢入京使[①]

故园东望路漫漫[②]，双袖龙钟泪不干[③]。
马上相逢无纸笔，凭君传语报平安[④]。

【注释】① 入京使：奉命去京城的使者。② 故园：指他在长安的家。漫漫：漫长，遥远。③ 龙钟：淋漓的意思。这句的意思是，两只衣袖都因拭泪而湿透，但思乡的泪水仍在流淌。④ 凭：请托。传语：带话，捎口信。

【浅析】此诗作于诗人赴安西（在今新疆）任职途中。诗的首句写眼前实景，点明家乡位置；次句以夸张的手法写出对长安亲人的眷念之情；后两句以极平凡的语言交代口信内容。此诗似不加雕琢，信口而成，但词浅意深，感情真挚，富有生活气息和人情味。

## 张　继

张继（生卒年不详），字懿孙，襄州（今湖北襄阳）人。天宝十二载(753)登进士第。安史之乱起，他在吴越游历。博览多识，好谈论，与皇甫冉、刘长卿交谊很好。今存诗40余首。

## 枫桥夜泊[①]

月落乌啼霜满天，江枫渔火对愁眠[②]。
姑苏城外寒山寺[③]，夜半钟声到客船[④]。

【注释】① 枫桥：在今江苏苏州市西郊。② 江枫：江边的枫树。渔火:渔人的灯火。这句是说,愁人对着江枫渔火而眠。③ 姑苏:苏州的别称,因城外有姑苏山得名。寒山寺:在枫桥东,建于南朝梁代,传说因唐初诗僧寒山住过这里而得名。④ 客船:指作者所乘之船。

**【浅析】** 这首诗首先写霜天夜景,统摄全篇。接着写江枫渔火和朦胧月光下的寒山寺,这是写所见。还写了所闻:月落时的乌啼,寒山寺的钟声。所见所闻,两两互写,突出了江南水乡秋夜的幽静,抒发了作者的旅途愁思。此诗很讲究设色,把霜、月的明亮和江枫、寺院的暗影交织在一起,又用渔火来烘托霜月的冷白,生动地描画出了枫桥夜景的典型特征。



## 韩翃

韩翃(hóng,生卒年不详),字君平,南阳(今河南南阳市)人。大历十才子之一。建中初年(780),德宗亲自点名任他为中书舍人,并因为当时有两个韩翃,特为批示指明是咏"春城无处不飞花"的韩翃,可见他诗名之盛。有《韩君平集》。

### 寒食[①]

春城无处不飞花[②],寒食东风御柳斜[③]。
日暮汉宫传蜡烛[④],轻烟散入五侯家[⑤]。

**【注释】** ① 寒食:清明节前一二日为寒食节。古人在这个节日里,前后禁火三日,只吃冷食,所以称寒食节。② 春城:指长安。③ 御柳:宫苑里的柳树。④ 汉宫:借指唐宫。传蜡烛:皇帝传赐蜡烛燃火。这是寒食结束时的"新火"。⑤ 五侯家:

东汉时桓帝同一天封宦官单超等五人为侯，称五侯。这里泛指皇帝的贵近宠臣。这句是说，轻烟首先散入皇上宠臣之家。

【浅析】前两句描绘寒食节时京城长安及宫中美丽景象，后两句拈出寒食赐火之事，借汉喻唐，委婉讽刺皇帝对宦官外戚辈的宠私。该诗“花”、“斜”、“家”三字押韵，“斜”，古音读“xiá”。

## 司空曙

司空曙（约720—约790），字文明，一字文初，广平（今河北永年县）人。大历十才子之一。家境贫困，为人耿直，不干谒权贵，曾遭贬谪。位终虞部郎中。其诗多为送别赠答或羁旅漂泊之作。有《司空文明集》。

### 江村即事[①]

钓罢归来不系船[②]，江村月落正堪眠。
纵然一夜风吹去[③]，只在芦花浅水边。

【注释】① 即事：就眼前之事作诗。② 系船：船停靠后用缆索把船系在岸上。③ 风吹去：指把船吹走。

【浅析】这首诗通过夜钓归来，连船也不系就放心地安睡这一细节，写出了江村生活的宁静幽美，表现了钓者隐逸生活的洒脱自在和悠然自得的情趣。

## 李　端

李端（生卒年不详），字正己，赵州（今河北赵县）人。大历十才子之一。他才思敏捷，是弈棋高手。大历（766—779）年间举进士第，历任秘书省校书郎、杭州司马。性不耐官场拘束，后弃官隐居衡山，自号“衡岳幽人”。有《李端诗集》，今存诗180余首。

### 拜新月①

开帘见新月，即便下阶拜。
细语人不闻，北风吹罗带。

【注释】① 拜新月：唐教坊曲名。拜新月起源于远古对月亮的崇拜，但在唐代才正式形成风俗。拜新月的时间是在七夕（农历七月初七）或中秋节之夜。古代妇女拜新月是为了祈求夫妻团圆、幸福长寿。

【浅析】前两句写闺中女子开帘见月，立刻下阶便拜，写出她的急切而微妙的心理。后两句刻画她感情专注而又不想让外人知道的娇羞神态。全诗寥寥几笔勾勒，形神毕肖。

## 张　碧

张碧（生卒年不详），字太碧。生活在贞元（785—805）前后。他崇拜李白，所以名和字都学李白。其诗风也接近李白。《全唐诗》录存其诗16首。

## 农　父[1]

运锄耕劚侵星起[2]，垄亩丰盈满家喜[3]。
到头禾黍属他人[4]，不知何处抛妻子。

【注释】① 农父（fǔ）：从事农业生产的男子。② 劚（zhǔ）：砍，斫。侵星：侵晓，拂晓，凌晨。这句是说，当晨星还在闪烁、天尚未亮时，农夫就已经起身耕种田地了。③ 垄亩丰盈：田里的庄稼长得茂密旺盛。④ 到头：结果，最终。禾黍（shǔ）：这里指劳动果实。

【浅析】这首诗揭露了封建地主阶级残酷剥削农民的事实。农民披星戴月，辛勤耕耘，用汗水换来了劳动果实，却被官府、地主抢劫一空，最终落得个妻离子散的结局。诗人运用对比手法，描述了农夫劳作的艰辛、丰收时的喜悦和丰收后的凄惨，增强了艺术感染力。

# 胡令能

胡令能（生卒年不详），贞元（785—805）、元和（806—820）年间人。家贫，年轻时干过修补锅盆碗缸的活儿，人称“胡钉铰”。《全唐诗》录存其诗4首。

## 小儿垂钓

蓬头稚子学垂纶[1]，侧坐莓苔草映身[2]。
路人借问遥招手[3]，怕得鱼惊不应人[4]。

【注释】① 稚子：儿童。垂纶：垂钓，钓鱼。纶，钓丝。② 这句是说，小儿侧着身子坐在长满莓苔的草地上钓鱼，青青的草色在阳光的反射下，映上了他的身体。③ 路人：赶路之人。借问：向他问路。③ 不应人：对于路人的问讯不作回答。应，回应。

【浅析】这首诗写村野孩童初学钓鱼时十分认真的神态，栩栩如生，逼真如画。"蓬头"，暗示他是乡村顽童。"侧坐"，表现出他垂钓的一本正经，全神贯注。"遥招手"说明他对路人的借问并非不予理睬、缺乏热情，而是担心大声说话要把鱼吓跑，让他悄悄前来，轻轻地告诉他。全诗充满了活泼可爱的童趣。



## 咏绣障①

日暮堂前花蕊娇②，争拈小笔上床描③。
绣成安向春园里④，引得黄莺下柳条。

【注释】① 绣障：绣花屏风。② 花蕊（ruǐ）娇：花儿含苞待放，娇嫩可爱。蕊，花心。③ 拈（niān）：拿。床：绣床，绣花木架。描：描摹。④ 安：安放，放置。向：在。

【浅析】这首诗构思独特，其主旨是赞美刺绣女的手艺巧夺天工，已达到以假乱真的地步。绣成的屏风春景明媚，鲜花艳美，黄莺见了信以为真，兴冲冲地从柳树上飞下来，想去栖息。

## 顾况

顾况（生卒年不详），字逋翁，苏州人，或说海盐（今浙江海盐县）人。至德二载（757）登进士第，在德宗朝做过官，晚年隐居茅山，自号华阳山人。他工诗善画，重视诗歌的政治、社会意义，诗风质朴俚俗，对白居易的新乐府诗有一定影响。有《顾逋翁诗集》，《全唐诗》录存其诗4卷。

### 子规①

杜宇冤亡积有时②，年年啼血动人悲③。
若教恨魄皆能化④，何树何山著子规⑤？

【注释】① 子规：鸟名，也叫杜宇、杜鹃、布谷。初夏时常昼夜不停地啼鸣，鸣声悲切。② 冤亡：冤枉而死。积有时：积累了很长时间。古代传说，周朝时，蜀侯自称蜀王，后有杜宇继承，称帝，号望帝。杜宇教民务农，使蜀国得以强盛。后让位于宰相，自己隐遁而去，死后魂魄化为杜宇鸟。蜀人认为杜宇有开创之功，死得冤枉，所以会悲啼不已。③ 啼血：指子规鸟极其悲苦地鸣叫。子规鸟的嘴呈鲜红色，人们传说这是由于它悲啼出血的缘故。④ 恨魄：怨恨的魂魄。化：变化。⑤ 著（zhuó）：附着。这里是栖息的意思。

【浅析】前两句就题目展开笔墨，从子规鸟的悲啼声写起，并带出蜀帝杜宇冤魂化为子规鸟的传说。后两句翻出新意，意为：假如冤枉之人的魂魄都能化为子规鸟，那么，子规鸟可就太多了，世上哪有这么多树、这么多山来容纳这些子规鸟呢。很明显，诗人这是在借古代传说讽刺现实社会，抨击世间的黑暗统治。

## 过山农家①

板桥人渡泉声②，茅檐日午鸡鸣③。
莫嗔焙茶烟暗④，却喜晒谷天晴⑤。

【**注释**】① 过：过访，拜访。山农：山区的农民。② 这句的意思是，行人走过横跨在山溪上的木板桥，听到了潺潺的泉水声。③ 这句的意思是，行人来到山农的茅舍前，正是中午时分，日光高照，鸡鸣喔喔。④ 嗔(chēn)：嗔怪，责怪。焙(bèi)茶：烘茶。这句的意思是，山农请来访者不要嗔怪焙茶所散发出的烟雾挡住了光线。⑤ 却：正。这句的意思是，山农正在为天气晴朗便于晒谷而感到欣喜。



【**浅析**】全诗四句，逐一写了诗人去拜访山农家时在赶路时候、到达农舍、山农接待过程中的所见所闻，展现出山间幽静美丽的景致、农舍的活泼气息、山农的热情爽朗。整首诗格调清新，节奏轻快，形象鲜明。

## 题红叶①

宣宗朝宫人

流水何太急，深宫尽日闲。
殷勤谢红叶②，好去到人间。

【**注释**】① 据范摅(shū)《云溪友议》记载，唐宣宗时，诗人卢渥到长安应举，在御沟中拾得一片红叶，上面题有这首诗，便收藏起来。后来，他娶了一位被放出宫的宫女。一天，那位宫女见到被卢渥藏在箱内的这片红叶，叹息说：当初偶然题诗叶上，随水流去，想不到收藏在这里。这就是“红叶题诗”的故事。② 谢：辞谢，辞别。

【浅析】首句借天天相见的御沟流水起兴，怨怅时光飞逝；次句诉说幽居深宫、度日如年的孤寂生活。后两句从侧面下笔，对红叶致以殷勤祝愿，托物寄情，表达长年身受幽禁的宫女们对自由生活的渴望。

## 严　武

严武（726—765），字季鹰，华阴（今陕西华阴县）人。为人耿直，性格豪爽，能文能武，与诗人杜甫交谊很深。曾任成都尹、剑南节度使等职。在与吐蕃的战争中取得胜利，吐蕃颇惧怕他。今存诗6首。

### 军城早秋

昨夜秋风入汉关①，朔云边月满西山②。
更催飞将追骄虏③，莫遣沙场匹马还④。

【注释】① 汉关：泛指汉族政权所设的关口。② 朔云边月：这里是互文见义，意思是北方边境上的云和月。朔，北（方）。西山：今四川省西部的岷山，是当时抵御吐蕃入侵的要地。③ 飞将：西汉名将李广曾被匈奴称为“飞将军”，这里泛指严武部下作战勇猛的将领。骄虏：指内侵的吐蕃军队。④ 遣：使。这句的意思是，要全歼敌军，不让一个敌人逃回去。

【浅析】此诗是作者率军击破吐蕃的纪实之作。前两句写军城早秋景象，隐寓敌军在秋高马肥的季节将要入侵的意思。后两句写主帅下达乘胜追击的命令,反映了诗人刚毅果断、蔑视敌军的豪迈气概和杀敌雄心。全诗虚实并用,笔力雄健,是一首诗意浓郁、诗情洋溢的好诗。

## 韦应物

韦应物(737—约791),京兆万年(今陕西西安市)人。早年充当唐玄宗的侍卫,豪横放荡,后做过滁州、江州、苏州刺史,为官清廉刚正。世称"韦江州"、"韦苏州"。他的诗大多写田园山水,艺术上深受陶渊明、王维影响。有《韦苏州集》。



### 滁州西涧①

独怜幽草涧边生②,上有黄鹂深树鸣③。
春潮带雨晚来急④,野渡无人舟自横⑤。

【注释】① 滁(chú)州:今安徽滁县。西涧:俗名上马河,在滁县城西。② 独怜:最爱,特别喜爱。幽草:生长在幽静冷僻处的野草。③ 深树:茂密的树丛中。④ 春潮:二三月间河水猛涨,称为春潮,俗称"桃花汛"。⑤ 野渡:郊野的渡口。

【浅析】这首诗是作者任滁州刺史时所作。诗的前两句刻画涧边草芳、深树鸟鸣的幽丽春色;后两句描绘雨后涧水腾涨、渡口无人的景象,充满了幽情野趣。诗人刻意写"静",表达了向往自然、恬然自适的生活情趣。

## 卢 纶

卢纶（生卒年不详），字允言，河中蒲（今山西永济县）人。大历十才子之一。早年避安史之乱，客居鄱阳。官至检校户部郎中。后期居军幕多年，所作边塞诗气象雄浑，有盛唐余音。有《卢户部诗集》。

### 塞下曲①

林暗草惊风②，将军夜引弓③。
平明寻白羽④，没在石棱中⑤。

【注释】① 塞下曲：一作《和张仆射塞下曲》，出于古乐府《横吹曲》的《出塞》。原题共有6首。② 林暗：浓密的树木里一片昏暗。草惊风：野草突然被风吹动，好像受到惊动似的。③ 引弓：拉弓射箭。④ 平明：清早。白羽：指箭，即用白色羽毛作箭翼的箭。⑤ 没（mò）：陷入。石棱（léng）：有棱角的石头。

【浅析】汉代名将李广一次出猎，见深草中大石块，以为是伏虎，一箭射去，箭头深陷入石中。这首诗借用李广故事，写出边塞射猎生活的片断。首句写景，渲染猛虎袭来的紧张气氛（过去有"风从虎"的说法），暗示将军的高度警惕性。接着用夸张的手法写将军射箭入石的事，赞美了守边将军的勇武。诗的内容安排富有戏剧性。

## 李 益

李益（748—829），字君虞，陇西姑臧（今甘肃武威）人。他在华北、西北地方从军多年，熟知塞上风情、征人痛苦，是中唐边塞诗的代表诗人。有《李君虞诗集》。

## 夜上受降城闻笛①

回乐峰前沙似雪②，受降城外月如霜。
不知何处吹芦管③，一夜征人尽望乡④。

【注释】① 受降城：唐代在西北筑有东、西、中三个受降城，是为抵御突厥的侵扰而建的。这里指西受降城，在今宁夏回族自治区灵武县。② 回乐峰：回乐县附近的山峰。③ 芦管：芦笛。④ 征人：驻守边地的士兵。

【浅析】诗一开始就用两个色彩鲜明的比喻，描绘了边地月夜茫茫沙砾如雪、皎皎寒月似霜的苦寒景象。在这样的氛围中，再加上远处传来声调哀怨的芦笛声，势必触发久戍边关的战士们的无限乡愁。通篇声色、情景浑融一体，含蓄而有余味。

# 于　鹄

于鹄（生卒年不详），曾在汉阳（今属湖北武汉）山中隐居，30岁还未成名。大历（766—779）中从军塞上，任诸府从事。后辞官归隐。与诗人张籍有交往。今存诗70多首。

## 江南曲①

偶向江边采白蘋②，还随女伴赛江神③。
众中不敢分明语，暗掷金钱卜远人④。

【注释】① 江南曲：出自乐府《相和歌辞》，多写江南水乡风俗及男女爱情等。② 白蘋：草本植物，生于浅水中，五月开白花。③ 赛江神：迎江神赛会，祈求降福。④ 金钱：铜钱，古人用它占卜。卜远人：卜问远地亲人的消息。

【浅析】这是首民情风俗诗。前两句用“偶向”、“还随”四字写少妇举动，看似出于无心，实际上是心中有事，在惦记着远方亲人。后两句着力描摹她欲言又止、欲罢不休、只能“暗掷”的那种神情，逼真而细腻地刻画了这位少妇的娇羞心理。

## 孟 郊

孟郊（751—814），字东野，湖州武康（今浙江德清县）人。早年隐居河南嵩山，曾周游湖北、湖南、广西等地。为人耿介倔强，一生穷愁潦倒。至46岁始登进士第。诗与贾岛齐名，以苦吟著称，有“郊寒岛瘦”之说。有《孟东野集》。

### 游子吟①

慈母手中线，游子身上衣。
临行密密缝，意恐迟迟归。
谁言寸草心②，报得三春晖③。

【注释】① 吟：诗体的名称。② 寸草：微细的草，这里比喻游子。③ 三春晖：春天的阳光，这里比喻母爱。晖，日光。

【浅析】这首诗是作者50岁就任溧阳县尉，去接他年迈的母亲时的有感之作。前两句摄取母亲为游子缝衣的常见情景，写出了母亲对游子的关怀之情。三、四句详写母亲缝衣时的动作和意愿，寓有母亲盼望儿子在外平安、早日归来的深情。最后两句，语意双关，以“寸草”自比，以“三春晖”喻母爱，突出母爱的崇高、深厚。全诗风格清新自然，感情真挚，历来为人传诵。

## 归信吟[①]

泪墨洒为书[②]，将寄万里亲[③]。
书去魂亦去，兀然空一身[④]。

【注释】① 归信：寄回故乡的信件。② 书：信件。③ 将：持。万里亲：万里之外的亲人。④ 兀(wù)然：漠然无知的样子。这句的意思是，因“魂去”而精神恍惚，思想一片空白。

【浅析】这首诗先写诗人洒泪磨墨，写成家信，可见其内心是多么痛苦悲伤。接着以夸张的手法，极力描绘相思情切、精神恍惚的情状，形象地表达了作者漂泊异地时思念故乡亲人的强烈感情。

# 李约

李约(751—约810)，字存博，号萧斋，陇西成纪(今甘肃秦安县)人。唐宗室，曾任兵部员外郎，后弃官归隐。擅长音乐、书法，好收藏古物，精于茶道。今存诗10首。

## 观祈雨[①]

桑条无叶土生烟[②]，箫管迎龙水庙前[③]。
朱门几处看歌舞[④]，犹恐春阴咽管弦[⑤]。

【注释】① 祈（qí）雨：求雨。② 这句形容旱情严重，桑枝长不出叶芽，地面尘土飞扬，好像在冒烟。③ 箫管迎龙：吹奏乐器迎请龙王降雨。箫管，泛指各种乐器。水庙：龙王庙。④ 朱门：大门漆成朱红色的富贵之家。几处：多少处。⑤ 春阴：阴雨的春天。咽（yè）：梗塞。

【浅析】首句描摹旱情的严重，为后面求雨作铺垫；次句写龙王庙前的热闹景象，反映出农民焦急待雨的情状。后两句写众多豪门权贵却沉溺在笙歌竞日、曼舞终宵的荒淫生活中，反而怕天阴下雨乐器受潮。这首诗前后形成强烈的对比，揭露了统治阶级与劳动人民的尖锐对立。诗写得含蓄深沉，发人深思。

## 陈　羽

陈羽（生卒年不详），字不详，江东（今江苏南部一带）人。早年曾在浙江镜湖、若耶溪漫游。贞元八年（792）举进士第。与诗人韩愈、戴叔伦有过交往。其诗多为旅游、怀古、送别之作。今存诗60余首。

### 送灵一上人①

十年劳远别②，一笑喜相逢。
又上青山去，青山千万重。

【注释】① 灵一上人：即诗僧灵一，曾居云门寺，与朱放、张继等为诗友。上人，对僧人的尊称。② 劳：悲伤的意思。

【浅析】这首诗用朴素的语言写诗人与友人的久别重逢，才逢又别。前两句写“十年”前的“一别”和今日的“相逢”；后两句宕开写目送灵一上人远去之景，以景结情，透露出诗人与友人匆匆离别时内心深处的无限感慨，以及对友人的无限关切。通篇淡淡着笔，不事雕饰，平淡中蕴含深永的情味。

## 权德舆

权德舆(759—818)，字载之，秦州略阳(今甘肃秦安县东北)人。担任过宰相等官职。他为政尚宽，手不释卷，精通经术，工诗善文。时人尊为宗匠。诗歌多为应制奉和、送别赠酬、写景咏物之作。《全唐诗》存其诗10卷。



### 七　夕[①]

今日云軿渡鹊桥[②]，应非脉脉与迢迢[③]。
家人竞喜开妆镜[④]，月下穿针拜九霄[⑤]。

【注释】① 七夕：农历七月初七夜。民间传说牛郎织女在此夜相会。② 云軿(píng)：天女所乘的牛车。鹊桥：牛郎、织女每年七夕相会，群鹊衔接为桥，让织女渡过天河。③ 脉(mò)脉：相凝视。迢(tiáo)迢：形容路途遥远。这句的意思是，他俩在今晚应该不是隔着天河远远相望了。④ 家人：指妇女。妆镜：古代妇女所用的梳妆盒，内嵌有镜子。⑤ 穿针：古代妇女在七夕有穿针乞巧的风俗。

【浅析】前两句写天上的牛郎和织女于七夕鹊桥相会，一对长期分离的夫妻在这晚终于能互诉衷情；后两句写人间妇女在皎洁的月光下穿针乞巧，并遥祝天上的情侣恩爱永远。诗从天上写到人间，想象丰富，空间跨度很大，把神话故事与现实生活融合一起，淋漓尽致地表达了妇女对自由、幸福生活的向往与追求，真实地展现了唐代民间的风情习俗。

## 张　籍

张籍（约768—约830），字文昌，祖籍吴郡（今江苏苏州市），少时生长在和州（今安徽和县）。早年生活困顿，后来靠韩愈的帮助升调国子博士。因眼疾严重，几乎失明。曾官国子司业，世称张司业。其诗以乐府诗著称，是中唐新乐府诗的主要作者之一。有《张司业集》。

### 秋　思

洛阳城里见秋风，欲作家书意万重①。
复恐匆匆说不尽，行人临发又开封②。

【注释】① 意万重：形容思绪纷乱，情意深厚。② 行人临发：捎信人快要出发。开封：打开已封好的家书。

【浅析】这首诗写作者宦游在外，面对秋景，涌起无限乡思。它不着眼于离别的哀愁，只是借助寄家信时的思想活动和行动细节，把蕴藏的丰富感情表现在自然、平淡、简练的文字里，真切细腻地表现了对家乡亲人的深切怀念。

## 王　建

王建（约767—约830），字仲初，颍川（今河南许昌市）人。一生仕途坎坷，困顿失意，曾在幽燕一带过了十多年的戎马生活。擅长乐府诗，比较广泛而深刻地反映了中唐时代的社会生活。与张籍齐名，题材风格也很相似，世称“张王乐府”。有《王建诗集》。

## 雨过山村

雨里鸡鸣一两家，竹溪村路板桥斜。
妇姑相唤浴蚕去[1]，闲着中庭栀子花[2]。

【注释】① 妇姑：即姑嫂。浴蚕：以盐水选蚕种，古时叫“浴蚕”。② 栀(zhī)子：常绿灌木，春末夏初开花，色白，有浓烈的香气。

【浅析】此诗写诗人雨中过山村的所见所闻。首句写尚未进入村庄，先闻鸡鸣。次句描绘山村翠竹夹溪、板桥横斜的清新景色。后两句写进入村庄后见姑嫂俩相呼浴蚕，以“花闲”暗衬春深人忙，隐含了对淳朴、勤劳的山里人的赞美。

## 新嫁娘词

三日入厨下[1]，洗手作羹汤[2]。
未谙姑食性[3]，先遣小姑尝[4]。

【注释】① 三日入厨：古时习俗，新娘婚后第三天叫“过三朝”，要下厨房做菜。② 羹汤：用肉、菜等做成的稠汤。③ 谙(ān)：熟悉。姑：婆母，丈夫的母亲。食性：即口味。④ 遣：使，教。小姑：丈夫的妹妹。

【浅析】新媳妇进入丈夫家中，如何处理好与婆婆的关系，是一大难题。诗人通过对新媳妇“三日入厨”、“洗手”到“先遣小姑尝”的生动描写，将新媳妇的谨慎小心、机灵聪明细腻地刻画出来。这首诗选材极其平常，构思十分精巧，语言朴素俚俗，具有民间歌谣的特色。

## 宫人斜[1]

未央墙西青草路[2]，宫人斜里红妆墓[3]。
一边载出一边来[4]，更衣不减寻常数[5]。

【注释】① 宫人斜：埋葬宫女的墓地。② 未央：汉代宫殿名。这里借指唐代宫殿。墙：宫墙。③ 红妆墓：即宫女墓。古代女子常以红色妆饰容颜，后以“红妆”代指女子。④ 这句是说，宫院里，一边用车子运出宫女的尸体，一边又送进新选的宫女。⑤ 更衣：换衣服。借指宫女。寻常数：平常宫女的人数。

【浅析】这首诗以宫女的累累墓冢为背景，勾勒出皇宫中一幅十分凄惨、悲凉的画面：刚死的宫女才运走，新选的宫女又被送进宫来。诗人尖锐地揭露了封建帝王的荒淫无耻，深刻地反映了宫女的悲惨遭遇。

# 韩　愈

韩愈（768—824），字退之，河阳（今河南孟县）人。郡望昌黎，世称韩昌黎。官终吏部侍郎，故称韩吏部。他是唐代古文运动的倡导者。其诗在唐朝中叶很有影响，具有雄奇险怪和散文化的特色，是“韩孟（郊）诗派”的领军人物。有《昌黎先生集》。

## 早春呈水部张十八员外[1]

天街小雨润如酥[2]，草色遥看近却无[3]。
最是一年春好处，绝胜烟柳满皇都[4]。

【注释】① 水部：官署名。张十八员外：即张籍。他在兄弟辈的排行中是第十八，曾任水部员外郎。② 天街：京城的街道。酥：酥油，用牛、羊奶制成。这里比喻春雨的滋润。③ 这句是说，刚刚萌生的春草，远看一片青色，近看却难以发现。④ 皇都：指长安。后两句是说，这是京城长安一年中春色最美丽的时候，远胜过烟柳笼罩的暮春时节。

【浅析】这首诗写长安城早春的景色，体察极为细致。诗中通过对初春细雨、草色渐青的描写，把早春美景的特殊性传神地勾画出来。诗人认为早春比暮春风光更好，见解新颖，耐人寻味。



## 题木居士[①]

火透波穿不计春[②]，根如头面干如身。
偶然题作木居士[③]，便有无穷求福人[④]。

【注释】① 木居士：唐代耒阳（今湖南耒阳县）鳌口寺内供着一个木头偶像。它原是树根，因像人形，便被某些人神化，称为“木居士”。居士，指奉佛修道而未出家当和尚的人。② 火透波穿：经火烧和雨水的冲刷。不计春：即不计年，形容年深月久。③ 题：命名。④ 求福：求神赐福。

【浅析】前两句交代“木居士”原先曾遭火烧水蚀的狼狈处境，揭其老底；后两句写它意外的发迹：由于迷信者的神化，俨然变成神通广大、有求必应的“木居士”。此诗前后形成鲜明对照，尖锐地揭露了木头偶像的欺骗性，嘲讽了迷信者的愚昧可笑。

## 张仲素

张仲素(约769—819),字绘之,河间(今河北河间市)人。贞元十四年(798)登进士第,官终中书舍人。其诗文并有声名于时,尤擅长乐府诗,善写思妇心情。今存诗39首。

### 王昭君

仙娥今下嫁①,骄子自同和②。
剑戟归田尽③,牛羊绕塞多④。

【注释】① 仙娥:指汉朝宫女王昭君。② 骄子:"天之骄子"的省称,指匈奴首领呼韩邪单于。同和:混合在一起。这句是说汉王朝与匈奴少数民族团结一体。③ 剑戟(jǐ):泛指各种兵器。这句是说,将士的兵器全部熔化改制成耕田用的农具。④ 绕塞:围绕边塞。

【浅析】前两句叙述王昭君嫁给呼韩邪单于,从而促进了汉王朝与匈奴民族友好的史实;后两句描绘汉、匈两族之间和平亲睦、人民安居乐业、边塞牛羊满野的繁荣景象。历代歌咏昭君的诗很多,但大都是咏叹其"怨"。这首诗与一般的不同,形象地指出了昭君出塞和亲的历史意义,在立意上很见特色。

## 刘禹锡

刘禹锡(772—842),字梦得,洛阳(今河南洛阳市)人。22岁登进士第,又登宏辞科。在中央机构做官时曾参与具有进步意义的"永贞革新"活动,失败后被贬官。与柳宗元交谊很深,世称"刘柳";晚年与白居易交往密切，并称“刘白”。今存诗歌约800首，多作于贬谪之后，诗歌风格以豪迈激越为基调，白居易称他为“诗豪”。有《刘梦得文集》。

## 望洞庭[①]

湖光秋月两相和[②]，潭面无风镜未磨[③]。
遥望洞庭山水翠[④]，白银盘里一青螺[⑤]。

【注释】① 洞庭：洞庭湖，在湖南省北部，号称“八百里洞庭”，是我国第二大淡水湖。② 两相和：互相辉映，融溶在一起。③ 潭面：湖面。镜未磨：是对湖面无风的一种比喻。湖面平静澄澈，就像一面大镜子；如果起了风，湖面波涛激荡，就像在磨镜。④ 山水翠：山水一片苍翠。洞庭湖中有岛，叫君山，一名洞庭山、湘山。现与大陆相连。⑤ 这句的意思是，遥望洞庭湖的山水景色，就像光莹洁白的银盘子里放了一颗小巧玲珑的青色海螺。

【浅析】这首诗描绘了秋月之夜洞庭湖的优美景色。前两句侧重表现水天一色的朦胧美，后两句主要写白水青山相映成趣的清晰美。以“白银盘”喻辽阔的洞庭水，以“青螺”喻秀丽的君山，不仅精警、美妙，而且隐约地表现出诗人壮阔博大的胸襟。

## 浪淘沙[①]

莫道谗言如浪深[②]，莫言迁客似沙沉[③]。
千淘万漉虽辛苦[④]，吹尽狂沙始到金。

【注释】① 浪淘沙：唐教坊曲名，又作词牌名。刘禹锡作有《浪淘沙九首》，这是其中的一首。② 谗（chán）言：说他人的坏话。③ 迁客：指被降职迁谪到外地的官。似沙沉：像沙子那样沉到江底。④ 漉（lù）：水慢慢地渗下。

【浅析】是金子，总要闪光。这首诗用淘金者历尽千辛万苦，最终从江沙里淘出黄金作比喻，说明一个德行高洁、具备真才实学的人虽然有可能被小人进谗言而受委屈，但最终会被世人所了解、所赏识。作者做官时曾屡次被贬谪，这首诗是他人生态度的真实写照。

## 白居易

白居易（772—846），字乐天，晚年号香山居士，又自称醉吟先生，下邽（今陕西渭南市）人。五六岁便学写诗。29 岁登进士第，后又登书判拔萃科。在中央机构和杭州、苏州等地做过官。做官时有正义感，做了不少对人民有益的事。他是中唐新乐府诗的主要倡导者，诗风平易自然。今存诗近 3000 首，在唐代诗人中首屈一指。他的诗尤其是《新乐府》50 首、《秦中吟》10 首广泛而深刻地反映了当时的社会矛盾，表现出对人民苦难的深切同情。《琵琶行》和《长恨歌》，是我国古代长篇叙事诗的杰作。其诗在当时就广泛流传，并远播到日本、高丽（朝鲜古国名）等地。有自编《白氏长庆集》75 卷。今存 71 卷。

### 大林寺桃花①

人间四月芳菲尽②，山寺桃花始盛开③。
长恨春归无觅处④，不知转入此中来。

【注释】① 大林寺：在江西庐山香炉峰顶。② 芳菲：花草的芳香。这里指桃花。③ 始:才。④ 春归:春天的归去。桃花凋谢,意味着春已经消逝。无觅处:无处可以寻觅。

【浅析】现代科学告诉我们,大约山地每升高 100 米,气温就要低0.5 ℃—0.6 ℃。比如庐山脚下的九江市气温为15 ℃时,山上大林寺的温度只有8 ℃上下。所以,山寺桃花晚开,主要原因是山上的气温比平地低。白居易虽然未必懂得这个道理,但他已注意到同是桃花,由于所处环境不同,开放时间有早有晚。此诗流露出诗人与春天别后重逢的惊喜心理。



## 暮江吟①

一道残阳铺水中②,半江瑟瑟半江红③。
可怜九月初三夜④,露似真珠月似弓。

【注释】① 这首诗是白居易50岁时在长安(今陕西西安市)游览曲江时所作。② 残阳:黄昏时半隐半现的夕阳。③ 瑟(sè)瑟:本是一种碧色(青绿色)的珍珠名称,这里是指碧色。④ 可怜:可爱。

【浅析】前两句描写黄昏时分残阳斜照曲江的景致。因为阳光斜照,部分江面受光照而呈现红色;部分江面未受光照,呈现碧色。第一句第五字不用“照”而用“铺”字,更能表现出秋天黄昏时阳光的柔美、江面的平静。后两句描写深夜时分月光临照曲江的景致:江边草地,缀满了晶莹圆润的露珠;江面上空,一弯洁白的新月在深碧色天空的映衬下,显得格外明亮。整首诗设色瑰丽,表现力强,富有绘画之美。

## 夜　雪

已讶衾枕冷[1]，复见窗户明。
夜深知雪重[2]，时闻折竹声[3]。

【注释】① 讶(yà)：惊奇，奇怪。衾(qīn)：被子。② 雪重：雪积得很厚。③ 时闻：时常听到。折竹声：竹子经受不住大雪堆压而断裂所发出的声音。

【浅析】这首诗写夜雪之大，不从正面落笔，而是采用了侧面烘托的手法。第一句写感觉——寒冷；第二句写视觉——反光强烈；第四句写听觉——竹子断裂声。全诗虽未直接描绘雪景，但读者完全可以想象得出这场“夜雪”确实下得又大又密，持续时间很长。

## 邯郸冬至夜思家[1]

邯郸驿里逢冬至[2]，抱膝灯前影伴身[3]。
想得家中夜深坐，还应说着远行人[4]。

【注释】① 邯郸(hán dān)：今河北邯郸市。冬至：农历二十四节气之一，在12月21日至23日中的一天。② 驿(yì)：驿站，官府开设的旅馆。③ 影伴身：形影相吊的意思。④ 远行人：出远门在外的人。这里指诗人自己。

【浅析】冬至是一年将尽的节日。在唐代，到了这一天，朝廷要放假，民间普通人家也要团圆聚餐。诗人在冬至夜仍孤单一人在外地，心情自然很不好受，便作此诗以抒发情怀。全诗以“思家”为核心内容。“抱膝灯前影伴身”，十分逼真地写出他“思家”时凄清孤独的环境。后两句写他“思家”的具体内容：遥想家中亲人在夜深时候仍然围坐在灯下，谈论着自己这个“远行人”。这样写起了一石二鸟的作用：一方面写诗人的“思家”，另一方面也写出家中亲人对诗人的思念。从中可以看出诗人和家人的亲密关系。

## 李　绅



李绅(772—846)，字公垂，无锡(今江苏无锡市)人。元和元年(806)登进士第。在地方和中央做官多年，曾官至宰相。他形体短小而精悍，人称“短李”。首创《新题乐府》20首(今已不存)，对白居易、元稹写新乐府诗有影响。《全唐诗》录存其诗4卷。

### 悯农二首①

春种一粒粟，秋收万颗子。
四海无闲田②，农夫犹饿死。

锄禾日当午③，汗滴禾下土。
谁知盘中餐，粒粒皆辛苦。

**【注释】** ① 悯农：怜悯农民。题目一作《古风》。所谓古风，就是古体诗，是唐代人对不讲究格律的诗歌的称呼。② 四海：四海之内，指全国。闲田：荒废不种的田。③ 日当午：正当烈日高照的中午。

**【浅析】** 第一首诗，着重揭露黑暗社会的畸形现象：创造出巨大物质财富的农民反因缺粮而被饿死。第二首诗，描绘了典型的劳动场面，突出了农民耕作的艰辛，粮食的来之不易，谴责剥削者只会挥霍浪费，根本不懂得珍惜劳动者的成果。这两首诗篇幅短小，语言浅近通俗，揭示的道理却非常深刻，历来受到重视。

## 柳宗元

柳宗元(773—819)，字子厚，河东(今山西永济县)人。世称柳河东。年少时勤奋好学，早有“奇名”。贞元九年(793)登进士第。曾参加主张革新政治的王叔文集团，失败后贬为永州司马，十年后又迁柳州刺史，故又称柳柳州。他是唐代古文运动的倡导者之一，与韩愈并称“韩柳”。他的大部分诗歌抒写贬谪后抑郁不平的心情和对山水景物的欣赏与寄托，风格清峭。有《河东先生集》，一称《柳河东集》。

### 江　雪

千山鸟飞绝①，万径人踪灭②。
孤舟蓑笠翁③，独钓寒江雪。

**【注释】**① 飞绝：飞尽，绝迹。② 万径：所有道路。人踪：人的足迹。③ 蓑(suō)：即蓑衣。古代雨具。笠(lì)：斗笠。

**【浅析】**这首诗寥寥20个字，却将一幅雪江垂钓图逼真绘出。前两句不从正面着笔，却写大雪后人鸟绝迹的幽寂景象；后两句作大转折，以孤舟独钓点缀雪景，突出了垂钓者不随流俗的品性，曲折地反映了作者在革新失败后的顽强性格和孤独寂寞的苦闷心情。

## 施肩吾

施肩吾(生卒年不详),字希圣,睦州(今浙江建德县)人。元和十五年(820)登进士第。因畏仕途险恶,不待授官即东归故里。曾隐居洪州(今江西南昌市)西山。他的绝句清新婉转,多写山林景象和隐居学仙之趣,还善写闺情。《全唐诗》录存其诗1卷。

### 幼女词

幼女才六岁①,未知巧与拙②。
向夜在堂前③,学人拜新月④。

【注释】① 幼女:作者有个天真可爱的小女儿,他在诗文中曾不止一次地提到她。② 巧:聪明。拙(zhuō):愚笨。③ 向夜:傍晚。④ 拜新月:见第46页李端《拜新月》注释。

【浅析】前两句着力写出女孩的年幼无知,后两句却写小女孩郑重其事地在堂前学着大人拜新月。两相对照,一个有趣逗人、纯真可爱的"小大人"形象跃然纸上。此诗真情真景,宛若口语,毫无斧凿的痕迹。

## 元 稹

元稹(779—831),字微之,一字威明,洛阳(今河南洛阳市)人。幼年丧父,家境贫困。15岁明经及第,24岁举制科,对策第一。一生在官场上几经迁谪,死于武昌节度使任所。与白居易同为中唐新乐府诗的主要创作者,两人关系密切,世称"元白";诗歌风格相近,世称"元白体"。所作传奇小说《莺莺传》(又名《会真记》)为戏曲《西厢记》所取材。有《元氏长庆集》。

## 行　宫[1]

寥落古行宫[2]，宫花寂寞红[3]。
白头宫女在，闲坐说玄宗[4]。

【注释】① 行宫：帝王外出时的住所，又叫"离宫"。② 寥落：空虚，冷落。③ 寂寞：冷清，孤独。这句是说，宫中绿叶红花也感到寂寞。④ 说：谈论。玄宗：即唐玄宗李隆基。

【浅析】前两句描绘古行宫荒凉冷落的景象；后两句抓住白头宫女谈论玄宗朝遗事这一典型细节，倾诉了宫女无穷的哀怨情感，寄托了诗人对唐朝由盛而衰的感慨。全诗以"红花"、"白发"映衬情境，以"寂寞"、"闲坐"烘托气氛，言简意丰，含蕴传神。

# 张　祜

张祜（生卒年不详），字承吉，清河（今河北清河县）人，一说南阳（今河南南阳市）人。长年浪迹江湖，一生没有做过官。大中（847—860）年间卒。他在当时很有诗名，和白居易、杜牧等都有交往。诗比较含蓄、小巧，宫词写得较好。《全唐诗》存其诗350首。有《张承吉文集》。

## 正月十五夜灯

千门开锁万灯明，正月中旬动帝京[1]。
三百内人连袖舞[2]，一时天上著词声[3]。

【注释】① 动帝京：京城里轰动起来了。② 内人：宫中歌舞女子。③ 著：同“着”。这句是说，一刹那间，宫里的歌声声薄云霄，传到了天上。

【浅析】前两句写元宵节京城万人空巷、万灯齐放、一片辉煌的景象；后两句用夸张手法写众多的宫女载歌载舞，鼓乐喧天。全诗由面及点，由外到内，场面开阔，气势恢弘，把元宵佳节京城及皇宫内张灯结彩、歌舞升平的欢腾景象描绘得十分生动。

## 贾岛



贾岛（779—843），字浪仙，一作阆仙，自称碣石上人，范阳（今河北涿州市）人。初为僧，法号无本。后还俗，屡举进士不第。59岁任长江县主簿，世称贾长江。他是著名的苦吟诗人，诗风以清奇僻苦为主。今存《贾长江集》，录诗370多首。

### 寻隐者不遇①

松下问童子②，言师采药去③。
只在此山中，云深不知处④。

【注释】① 隐者：即隐士，多为官场失意或不愿为官而隐居在山林中的知识分子。② 童子：小孩子。③ 言：（童子）言说。师：师傅。④ 处：处所。

【浅析】问讯是生活中常有的再普通不过的小场景，在这首诗里却写得一波三折，饶有情趣。首句写诗人询问童子，询问的内容没有交代，但从次句便可推知。次句之后，应是诗人再次发问：你的师傅到哪儿采药去了？这个发问，诗人也省略了，但我们可以从第三句推知。这之后，应是诗人第三次发问：你的师傅在山里的哪个地方采药啊？然后才是童子回答：山里云深林密，也不知师傅现在到哪儿了。这第三次发问，诗中也没有陈述，但我们同样可以从末句推知。所以说，这首诗的最大特点是寓问于答的精巧构思，于 20 字的短小篇幅中包含了“三问三答”的丰富内容。至于它浅近自然的语言特点，倒还在其次。

## 刘　皂

刘皂（生卒年不详），咸阳（今陕西咸阳市）人。唐德宗贞元（785—805）年间诗人。今存诗 5 首。

### 旅次朔方[①]

客舍并州已十霜[②]，归心日夜忆咸阳。
无端更渡桑干水[③]，却望并州是故乡[④]。

**【注释】**① 此诗题一作《渡桑干》，系贾岛作。不确。旅次：旅途中暂住下来。朔方：北方。② 舍：居住。并州：今山西太原市。十霜：十年。③ 无端：没来由。更渡：又渡。桑干水：即桑干河，源出山西朔县东，下游为永定河。④ 却望：回望。

**【浅析】**这首诗抒发作者长期居住并州之后又北渡桑干河的思乡之情。他在并州总是想回到故乡咸阳，不料返乡未成，现在却北渡桑干，离家乡更远了，因此对并州反而倍感亲切。此诗情意深婉，把出门人的微妙心理细腻地表现出来，很能感动人。

## 朱庆余

朱庆余(797—?),名可久,庆余是他的字。越州(今浙江绍兴市)人。宝历二年(826)进士及第,但仕途很不得意。因张籍的称颂而诗名远扬。其诗大部分为五律,以绝句最工,内容多写个人日常生活,辞意清新,刻画景物细致。《全唐诗》录存其诗2卷。

### 宫　词①

寂寂花时闭院门②,美人相并立琼轩③。
含情欲说宫中事,鹦鹉前头不敢言。



【注释】① 宫词:一名《宫中词》。② 花时:开花的季节,指春天。③ 美人:指宫女。琼轩(qióng xuān):对廊台的美称。

【浅析】这是首宫怨诗。春天是美好的,然而在“花时”前加“寂寂”二字,再联系下面的“闭院门”,可见宫女的寂寞无聊。两个宫女立在华美的廊台上,正想互相诉说心中的怨情,抬头看见架上学舌的鹦鹉,于是欲言又止。宫女敢怒而不敢言的情态跃然纸上,封建宫廷的黑暗、专制也尽在不言中了。

## 徐　凝

徐凝(生卒年不详),睦州(今浙江淳安县)人。与元稹、白居易有交往,其诗受到他们的赏识。曾到长安求取功名,失意而归。后隐居故里,贫病而终。《全唐诗》录存其诗1卷。

## 庐山瀑布

虚空落泉千仞直[1]，雷奔入江不暂息[2]。
千古长如白练飞[3]，一条界破青山色[4]。

【注释】① 虚空：天空。这句是说，庐山瀑布从高空笔直地倾泻下来，落到山脚的泉潭里。② 这句是说，它发出雷鸣般的巨大声响，一直流向长江，没有短暂的停歇。③ 千古：自古到今。④ 界破：分隔，打破。这句是说，一条洁白的瀑布悬挂在山间，划破了青山浑然一体的苍翠之色。

【浅析】这首诗受到大诗人白居易的称赞，但宋朝苏东坡却认为它根本不能与李白的《庐山瀑布》相提并论，是一首拙劣的“恶诗”。其实，虽然徐凝用“白练飞”来形容瀑布比李白的“银河落九天”的比喻在想象力方面要差些，但总的看，这首诗具有描画逼真、气势宏大、形象生动、色彩鲜明的特点，斥之为“恶诗”未免过分。

# 雍裕之

雍裕之（生卒年不详），蜀（今四川省）人。生活在德宗贞元（785—805）前后一段时期。诗人经历坎坷，数举进士不第，飘零四方。其诗善写旅愁、闺怨。《全唐诗》录存其诗33首。

## 农家望晴[1]

尝闻秦地西风雨[2]，为问西风早晚回[3]？
白发老翁如鹤立[4]，麦场高处望云开[5]。

【注释】① 望晴:盼望晴天。② 尝闻:曾经听说。秦地:春秋战国时秦国的辖地,指今陕西关中一带。西风雨:刮西风而下雨。③ 这句是代农家发问:请问老天爷,什么时候能让西风回去(即不再吹西风)呢? ④ 如鹤立:像鹤那样站立着。⑤ 麦场:打麦场。望云开:盼望乌云散开,天气能够转晴。

【浅析】这首诗写出了农家在夏收麦熟季节渴望晴天以利农事的焦灼心情。白发老翁伫立高处、踮起脚尖、伸直脖颈仰观天象的细节刻画尤为生动传神。



## 杜　牧

杜牧(803—852),字牧之,万年(今陕西西安市)人。大和二年(828)登进士第,又登贤良方正能直言极谏科。在中央和地方做官多年。他有抱负,喜谈论军事,曾注释《孙子兵法》。长于写七言绝句,风格俊爽清丽,与李商隐齐名,并称“李杜”,又有“小杜”之称,以区别于杜甫。其甥裴延翰编有《樊川文集》20卷,今传。

### 清　明①

清明时节雨纷纷②,路上行人欲断魂③。
借问酒家何处有④,牧童遥指杏花村⑤。

【注释】① 清明:农历二十四节气之一,在四月四日或四月五日。自宋代开始,有清明节扫墓的习俗。在唐代,扫墓日期在寒食节。② 纷纷:细雨迷蒙的样子。③ 行人:出门在外的人。断魂:形容心情十分忧愁、悲伤。④ 酒家:酒店。⑤ 杏花村:杏花掩映的村庄。

【浅析】清明是我国的传统节日之一。唐代人在这一天要外出踏青、郊游，还要搞些荡秋千、拔河、斗鸡、走马等娱乐活动。如果这一天还在“路上”当个“行人”，那心头滋味是不好受的。倘使再碰上个细雨迷蒙的鬼天气，情绪必定变得更坏。该诗前两句就包含着这样的内容。后两句写“行人”想要找个酒店借酒浇愁，借酒御寒，乘便休息一阵，巧遇小牧童热情指点，遥见远处的一大片鲜艳明丽的杏花，以及依稀可见的酒旗，精神不禁为之一振。全诗的情境，正可借用陆游的诗句“山重水复疑无路，柳暗花明又一村”来形容。

## 山　行

远上寒山石径斜①，白云生处有人家②。
停车坐爱枫林晚③，霜叶红于二月花④。

【注释】① 寒山：深秋的山。斜：指山路曲折倾斜。② 白云生处：指白云弥漫的深山。古人认为，云是从深山里产生、飘浮出来的。③ 坐：因为。枫林晚：傍晚时候的枫林。④ 霜叶：经霜的枫叶。

【浅析】这首诗描写诗人在山间石径行路时所观赏到的深秋景致。“白云生处有人家”，是山区特有的美景之一，在平原地区无法看到。后两句诗历来受到人们的称赞。因为在古人的许多诗文里，凡写到秋天，几乎都离不开枯萎、飘零、萧条、冷清、肃杀等字眼，“悲秋”已成为古代文人的普遍心理。而杜牧在这两句诗里，却把秋天写得非常可爱，充满生命活力。阅读它，能使人振奋精神，蓬勃向上。湖南长沙岳麓山有座著名的“爱晚亭”，就是得名于这首诗。

## 秋 夕[①]

银烛秋光冷画屏[②]，轻罗小扇扑流萤。
天阶夜色凉如水[③]，坐看牵牛织女星[④]。

【注释】① 秋夕：农历七月初七晚上，又称“七夕”，神话传说是牛郎织女一年一度的相会日期。② 银烛：白蜡烛。这句的意思是，暗淡的烛光和微茫的秋夜星光映现在绘有图画的屏风上，反而使它增添了几分寒意。③ 轻罗小扇：用极薄的丝绸做的团扇。扑流萤：扑打在空中飞动的萤火虫。④ 天阶：宫廷里的石阶。

【浅析】这是一首刻画宫廷女子愁苦怨恨的诗，即“宫怨诗”。诗中的女主人公在七夕之时，百无聊赖，从置放着屏风的内室里走出来，到庭院用罗扇扑打流萤，以此排遣愁闷。夜已经很深了，天气也越来越凉，但她还不回房休息，坐在石阶上仰望天上的牛女双星。诗人这样写，含蓄地告诉读者，她是在羡慕牛郎织女这对天界夫妻，虽然一年只能相会一次，但毕竟还有见面的机会，而她自己却永远关闭在深宫里，丝毫不可能有幸福的爱情和婚姻。该诗的主要特点是，写景清丽而旨意凄婉含蓄。

## 泊秦淮[①]

烟笼寒水月笼沙[②]，夜泊秦淮近酒家。
商女不知亡国恨[③]，隔江犹唱《后庭花》[④]。

【注释】① 秦淮：秦淮河，即今江苏南京市秦淮河，流入长江。② 这句的意思是，朦胧的月光和雾气笼罩着秦淮河水和河边沙地。③ 商女：商人船上的女子。④ 犹唱：还在演唱。《后庭花》：即《玉树后庭花》曲，南朝时陈后主作。陈后主纵情声色歌舞，导致亡国。这里以《后庭花》指亡国之音。

【浅析】杜牧生活在晚唐时期。当时国势衰微，阶级矛盾日益尖锐，外忧内患接连不断，但统治者仍沉溺于纸醉金迷的生活。杜牧对此深表不满。他想起，当建康（即今江苏南京市）是六朝（三国吴、东晋、南朝宋、齐、梁、陈）都城时，秦淮河两岸妓馆林立，达官贵人、公子王孙在这儿花天酒地，追逐声色，最终落得个国破家亡的结局。而今居然还有人在秦淮河唱靡靡之音。他按抑不住心头的悲愤、感慨，就作诗予以讽刺。“犹唱”二字，分量很重，值得细细品味。

## 题乌江亭[①]

胜败兵家事不期[②]，包羞忍耻是男儿[③]。
江东子弟多才俊[④]，卷土重来未可知[⑤]。

【注释】① 乌江亭：在今安徽和县东北四十里的乌江镇。秦朝末年，刘邦与项羽争夺天下。在垓下之战时，项羽大败，溃退到乌江亭。乌江亭长劝项羽渡江，项羽想到自己当初率领江东子弟渡江西征，如今部众伤亡殆尽，已无脸见江东父老，不肯渡江，自刎而死。② 这句的意思是，兵家交战，是胜是败，往往不能预期。③ 包羞忍耻：忍受羞辱。包，包容。男儿：男子汉，大丈夫。④ 才俊：人才，俊杰。⑤ 卷土重来：指重整旗鼓，再次起兵。

【浅析】杜牧在诗里对项羽自刎于乌江这个历史事件发表看法。他认为项羽应该懂得"胜败乃兵家之常事",应该有"包羞忍耻"的肚量,不该产生"无脸见江东父老"的念头。假如项羽回到江东休养生息,招兵买马,说不定还能出来同刘邦争夺天下。诗中所表达的百折不挠的战斗精神,有一定的积极意义。

## 李商隐

李商隐(812—858),字义山,号玉溪生,河内(今河南沁阳县)人。早年受知于牛党令狐楚,登进士第后又娶李党王茂元之女,由于牛李党争影响,他一直遭到排挤,长期在各藩镇幕府中过着清寒的幕僚生活,潦倒终生。因此作诗常感慨讽喻,多带感伤情调。擅长七律和绝句,词采典雅华丽,音调和谐婉转,意境优美朦胧,精于用典,具有很高的艺术成就。有《玉溪生诗》3卷。

### 夜雨寄北①

君问归期未有期②,巴山夜雨涨秋池③。
何当共剪西窗烛④,却话巴山夜雨时⑤。

【注释】① 寄北:寄给北方的妻子。② 君:你,指妻子。归期:回家的日期。③ 巴山:山名。在四川东部。这里是指诗人当时的住地。涨秋池:雨水使秋天的池塘水量增加,水面高起来。④ 何当:什么时候能够。共剪西窗烛:一起剪掉西窗下的烛花。蜡烛点的时间长了,就会结灯花,影响亮度,剪掉灯花,蜡烛又会亮起来。⑤ 却话:再说。

【浅析】这首诗写客居远方的丈夫对妻子的思念和对夫妻团聚生活的向往。全诗朴实无华，含蓄深沉，情真意切，“巴山夜雨”四字前后重复使用，前句写现时的看雨，后句写以后的忆雨，表现了一种缠绵的情致。

## 瑶　池[①]

瑶池阿母绮窗开[②]，黄竹歌声动地哀[③]。
八骏日行三万里[④]，穆王何事不重来[⑤]？

【注释】① 瑶池：是古代神话中西王母住的地方。下文的“阿母”就是指西王母。本诗所述之事来自先秦的一部带有神话色彩的古书《穆天子传》。其中有周穆王（即穆天子）与西王母交往的故事。② 绮（qǐ）：华丽。③ 黄竹：《穆天子传》记穆王游黄台之丘，在风雪途中见民众受冻，作《黄竹》歌表示哀怜。④ 八骏：据说穆王驾车用八匹骏马，能日行三万里。⑤《穆天子传》记穆王与西王母相会，分别时西王母作歌曰：“将子毋死，尚能复来！”而穆王终于死去，未能成仙与西王母再见。

【浅析】前两句写西王母在瑶池迎候穆王的到来，然而听到的只是动地的哀歌。后两句是诗人问穆王既然有八骏日行三万里，为何不能重到西王母处呢？作者借此讽刺迷信方术、希求长生反而速死的唐代帝王。

## 李群玉

李群玉(生卒年不详),字文山,澧州(今湖南澧县)人。善吹笙,工书法,在当时很有名气,但对做官表现冷淡,亲友强迫他应试,一举不第,即弃去。与杜牧等文士有交往。其诗韵致深婉清幽,语言流丽。《全唐诗》录存其诗3卷。

### 劝人庐山读书①

怜君少隽利如锋②,气爽神清刻骨聪③。
片玉若磨唯转莹④,莫辞云水入庐峰⑤。

【注释】① 庐山:在江西省北部,鄱阳湖、长江之滨,风景优美,古迹众多,是著名的游览、休养胜地。② 怜:爱。少隽(jùn):少年英俊。隽,通“俊”。利如锋:像刀锋一样锐利。③ 刻骨聪:绝顶聪明。④ 唯:只。这句的意思是,一片玉石,如果经过了琢磨,只会变得更加晶莹美好。⑤ 这句的意思是,不要因为庐山云水阻隔、路途遥远而推辞不去。

【浅析】诗人首先夸奖对方聪明伶俐、才气横溢,然后再以“琢玉成器”作比喻,说明多读书、多学习的好处,最后直接劝说对方克服困难赴庐山读书。全诗虽仅四句,却有一波三折之妙。

## 袁　郊

袁郊(生卒年不详),字子乾,朗山(今河南确山县)人。小说家,唐代著名侠义小说《红线》即出于他手。与晚唐著名文人温庭筠友善。《全唐诗》录存其诗4首。

## 月

嫦娥窃药出人间[1]，藏在蟾宫不放还[2]。
后羿遍寻无觅处[3]，谁知天上却容奸[4]。

【注释】① 嫦娥窃药：据古代典籍《淮南子》记载，后羿向西王母要了不死之药，还没来得及服用，其妻嫦娥就偷偷地把它吃了。然后奔入月宫。② 蟾宫：据说嫦娥奔月后变成蟾蜍，后人因称月宫为蟾宫。不放还：指月宫的主宰者不让嫦娥回归人间。③ 无觅处：寻觅不到嫦娥的藏身处所。④ 容奸：容纳奸邪坏人。

【浅析】古代神话里，并无后羿遍寻嫦娥的记载，也无月宫的主宰者有意藏起嫦娥不让后羿找还的事。诗人这样写的意图是借此讽刺封建统治者对坏人坏事的庇护。在古代，皇帝称为“天子”，皇帝的意旨称为“天意”，诗人说“天上容奸”，是把斥责的矛头直指皇帝。这是非常大胆的写法。

# 武　瓘

武瓘（guàn）（生卒年不详），贵池（今安徽池州市贵池区）人。唐末做过益阳县令。《全唐诗》录存其诗3首。

## 感　事[1]

花开蝶满枝，花谢蝶还稀。
惟有旧巢燕[2]，主人贫亦归。

【注释】① 感事：对某件事有所感触。据《唐诗纪事》卷63记载，武瓘参加科举考试前，将此诗送呈主考官萧放。萧放读后，觉得他有不嫌贫贱、不忘故旧的品行，很是赞赏，在主持科举考试时就把他录取了。② 惟有：只有。

【浅析】这首诗刻画蝶、燕两种截然相反的形象。诗人以蝶影射世上趋炎附势的小人，以燕隐指人间守信用、重义气的正直君子，言语里含有贬蝶褒燕的意思。由于诗人所选用的比喻体十分恰切，思想倾向又符合主考官的心意，所以产生了奇妙的效果。



## 曹 邺

曹邺（生卒年不详），字业之，一作邺之，桂州（今广西桂林市）人。大中四年(850)登进士第。在中央和地方都做过官，后被免职返回故乡。其诗多写政治上失意的感慨，也有些诗抨击了当时的黑暗政治，语言质朴通俗。《全唐诗》录存其诗108首。

### 官仓鼠①

官仓老鼠大如斗②，见人开仓亦不走。
健儿无粮百姓饥③，谁遣朝朝入君口④？

【注释】① 官仓鼠：官府粮仓里的老鼠。② 斗：古代量器。十升为斗。③ 健儿：士兵。④ 遣：使，使得。君：这里指官仓鼠。这句的意思是，谁使得官仓的粮食天天进入老鼠的嘴巴，让它吃得饱饱的呢？

【浅析】这首诗构思精巧，借咏官仓鼠来讽刺那些只知拼命搜刮民脂民膏、却全无实际治理能力的各级官僚。在他们的残酷统治和横征暴敛下，普通士兵和下层民众食不果腹；而本该由他们管理好的官府粮仓里，却是无人关心，致使硕鼠成群，肥大如斗，见了人都不逃走。最后一句，以反问的句式，启发读者作深一层的思考，去认识统治者的"庐山真面目"。

## 陈　陶

陈陶（？—约888），字嵩伯，自号三教布衣，剑浦（今福建南平市）人。终身没有做官。他的诗，内容涉及旅途题咏、隐居学仙、投赠权贵等方面，而以写征戍离别的为最好。《全唐诗》录存其诗2卷。

### 陇西行①

誓扫匈奴不顾身②，五千貂锦丧胡尘③。
可怜无定河边骨④，犹是春闺梦里人⑤。

【注释】① 陇西行：本为乐府曲名。原诗共4首。陇西，泛指陇山以西地区，约今甘肃陇山、六盘山以西、黄河以东一带。② 扫：扫荡，扫灭。③ 貂锦：用貂皮、锦缎制成的战袍，这里借指出征将士。丧胡尘：丧命于胡地的战尘中。④ 无定河：源出内蒙古，东南流经陕西涧县入黄河。⑤ 犹是：还是，仍然是。春闺：青春年少的闺妇，这里借指将士的妻子。

【浅析】第一句赞颂戍边将士的英勇精神，第二句交代他们的悲惨结局。三、四两句是说，可叹的是，将士已成为无定河边的枯骨，然而在闺妇的梦里，还时时出现他们生龙活虎的身影，盼望着他们早日凯旋。本诗通过梦境与现实的对照，渲染了战争的残酷和给普通家庭带来的灾难，表现作者的厌战思想。

## 罗 隐

罗隐(833—909)，本名横，字昭谏，自号江东生，新城(今浙江富阳市)人。因喜好讽刺公卿，十次参加科举考试都未中第，愤而改名隐。在晚唐和后梁做过小官。擅长杂文，笔锋犀利。所作诗歌造意深刻，语言新颖。有诗集《甲乙集》、文集《谗书》。

### 蜂

不论平地与山尖①，无限风光尽被占②。
采得百花成蜜后，为谁辛苦为谁甜？

【注释】① 山尖：山顶，山峰。② 这句的意思是，凡是风光宜人、鲜花盛开的地方，蜜蜂都要飞去采集花粉，酿造蜜糖。尽被占：全部被蜂所占领、所拥有。

【浅析】蜜蜂通过十分辛勤的劳动所酿制的蜂蜜，只有很少一部分是为了满足自己生存和喂饲幼蜂的需要，大部分的劳动成果是被人类享用的。诗人感叹蜜蜂“为谁辛苦为谁甜”，可以作两种截然不同的理解：一是讽刺拼命追求功名利禄的人到头来竹篮打水一场空；二是赞美蜜蜂的无私奉献精神。从罗隐的人生阅历和惯于作诗讽刺时世的特点看，前一种解释可能比较切近创作原意。

## 泾 溪①

泾溪石险人兢惧②，终岁不闻倾覆人③。
却是平流无石处④，时时闻说有沉沦⑤。

【注释】① 泾溪：溪水名，所在地不详。② 兢惧：战战兢兢，十分害怕。③ 终岁：终年，一年到头。倾覆人：跌倒淹死的人。④ 平流：水面风平浪静。⑤ 闻说：听说。

【浅析】泾溪水急石险，行人涉水时都十分小心，所以从未出过事故；而人们在“平流无石”的地方往往麻痹大意，反而时常有“沉沦”之事发生。这首诗，通过咏写日常生活中两件有着明显对照意义的事情，揭示了这样一个哲理：事故，往往发生在人们放松心理戒备的时候。

# 皮日休

皮日休（约834—约883），字逸少，后改字袭美，自号鹿门子、醉吟先生等。襄阳（今湖北襄阳市）人。咸通八年（867）登进士第。做过小官，后参加黄巢农民起义军，被任命为翰林学士。黄巢兵败不久，皮日休即去世，死因不明。其诗继承白居易新乐府的传统。他的小品文借古讽今，简短犀利，战斗性强。与陆龟蒙并称“皮陆”。《全唐诗》录存其诗9卷。有自编的《皮子文薮》10卷传世。

## 汴河怀古①

尽道隋亡为此河②，至今千里赖通波③。
若无水殿龙舟事④，共禹论功不较多⑤。

【注释】① 汴河：又名汴水或汴渠，指隋炀帝时开凿的自荥阳至开封的通济渠。这里借指隋代大运河。② 尽道：都说。③ 通波：通航。④ 水殿龙舟事：隋炀帝开凿运河后，乘龙舟去江都（今扬州）游玩，一路穷奢极欲，靡费浩大。水殿，龙舟有四层，高四十五尺，长两百丈。⑤ 共禹论功：同古代治水英雄大禹比较功绩。不较多：差不多。较，唐人口语，"减"的意思。

【浅析】许多诗人在评说隋朝灭亡时，都把隋炀帝滥用民力开凿运河作为一个重要原因。这应该说有一定道理。但是，运河沟通了黄、淮、江、海四个水系，成为南北水运的要道，对南北方的经济发展与交流起了积极作用，这一点也不容否定。诗人既充分肯定开凿运河的意义和价值，也不忘批判隋炀帝利用运河游览江南的奢侈行为，议论平实而有说服力。



## 陆龟蒙

陆龟蒙（？—约881），字鲁望，自号江湖散人、甫里先生，又号天随子。吴县（今江苏苏州）人。举进士不中。做过地方小官吏。后隐居松江甫里。与皮日休齐名，世称"皮陆"。擅长写讽刺性小品文。诗歌成就不及散文，但一些讽刺小诗也很有特色。《全唐诗》录存其诗14卷。有自编《笠泽丛书》4卷存世。

### 白 莲

素蘤多蒙别艳欺①，此花端合在瑶池②。
无情有恨何人觉③？月晓风清欲堕时④。

【注释】① 素蘤（wěi）：白花。这里指白莲花。蘤，古

“花”字的别写。蒙：蒙受。别艳：指其他色彩艳丽的花。② 合：应当。瑶池：古代神话中神仙居住的地方。③ 无情：指瞧不起白莲的人们。有恨：指白莲。这里用的是拟人法，说白莲因为被人冷落，心怀幽恨。④ 月晓风清：拂晓时月光皎洁，清风徐拂。欲堕：将要凋谢、坠落。

【浅析】诗人赞美白莲花冰清玉洁，不同凡艳，慨叹人间无人赏爱，反遭冷落，其中寄托着他本人怀才不遇、知音难觅的愤恨。“月晓风清欲堕时”一句，境界幽美凄婉，透露出他自感衰老、来日无多的悲伤。

## 新　沙①

渤澥声中涨小堤②，官家知后海鸥知③。
蓬莱有路教人到④，应亦年年税紫芝⑤。

【注释】① 新沙：海边新涨起的沙地。② 渤澥（bó xiè）声：海潮声。渤澥，古代对海的一种别称。小堤：指新形成的小沙堤，堤内是沙地。③ 官家：官府。海鸥：栖息在海上的一种鸟。④ 蓬莱：蓬莱山，神话传说中的海外三神山之一。⑤ 税：征税。紫芝：即灵芝草，传说仙人在蓬莱仙山种植灵芝草。

【浅析】前两句是说海边新涨起的沙地，海鸥尚未发觉，而官府早已知道，并准备着去征收赋税了。后两句进一步设想海中的蓬莱山如有路可通，官府必定要去向种植灵芝草的神仙勒索。此诗夸张大胆，想象奇特，但又不乏艺术真实。它尖锐地讽刺封建统治者心狠手辣、贪得无厌，对人民的压榨已到了无孔不入、登峰造极的地步。

## 韦 庄

韦庄(836—910),字端己,杜陵(今陕西西安市东南)人。唐末五代著名诗人、词人。在前蜀官至宰相。诗歌多以伤时、怀古、离情、感旧为主题。与温庭筠同为“花间派”重要词人,并称“温韦”。《全唐诗》录存其诗6卷,另有《浣花词》。

### 送日本国僧敬龙归①

扶桑已在渺茫中②,家在扶桑东更东。
此去与师谁共到③,一船明月一帆风④。

【注释】① 敬龙:日本国来唐朝学佛求经的和尚。② 扶桑:扶桑国。据《南史》记载:“扶桑在大汉国东二万余里,其上多扶桑木,故以此名。”后来沿用为日本的代称。渺茫:缥缈苍茫的大海。③ 师:法师,旧时对和尚或道士的尊称。这里指敬龙。④ 一船:满船。一帆:满帆。

【浅析】前两句写敬龙家乡的遥远,流露出诗人对敬龙归程的担忧。后两句幻想他在归去途中能遇上明月高照、顺风顺水的好天气,寓有祝愿他旅途顺利的意思。全诗没有出现一个带有感情色彩的词语,但诗人对敬龙的关切之情已尽在不言中。

### 台 城①

江雨霏霏江草齐②,六朝如梦鸟空啼③。
无情最是台城柳,依旧烟笼十里堤④。

【注释】① 台城：又称苑城，原是三国时吴国的后苑城，东晋、南朝都把它作为宫城。遗址在今南京城内鸡鸣山北麓，玄武湖边。② 霏霏：细雨迷蒙的样子。③ 六朝：指三国时吴、东晋和南朝的宋、齐、梁、陈。这句的意思是，六朝的繁荣像梦一样幻灭了，如今只有鸟儿在这里徒然悲啼。④ 烟：繁茂的柳树枝叶远望如烟云堆聚。十里堤：指台城附近的湖堤。

【浅析】台城是六朝繁荣富丽的象征。到了韦庄生活的唐代晚期，这里几乎已成为一片废墟。诗人到此凭吊古迹，正是柳浓草长、细雨连绵的暮春三月，他看到这里的自然风景依然十分优美，但六朝的繁荣早已消歇，不禁感慨万分。最后两句强调柳树“无情”，反衬出有情之人（指作者自己）面对台城遗址所生出的吊古情怀。

## 黄 巢

黄巢（？—884），冤句（今山东菏泽西南）人。年轻时贩卖过私盐，参加科举考试未中。唐末时率众起义。880年攻入长安，即皇帝位，国号大齐。后因唐军合围，退出长安。884年兵败自杀于泰山狼虎谷。起义持续了10年之久，是历史上著名的农民战争。《全唐诗》录存其诗3首。

### 题菊花

飒飒西风满院栽①，蕊寒香冷蝶难来②。
他年我若为青帝③，报与桃花一处开④。

【注释】① 飒（sà）飒：象声词，形容秋风发出的声音。② 蕊寒香冷：形容菊花在寒冷的气候环境里只能散发出幽冷细微的香气。③ 他年：将来。青帝：传说中掌管春天的神。④ 报：告诉。这里有“命令”的意思。

【浅析】菊花是美好清高的，但由于它开放在凉秋，所以花香不浓，难以招引蜂蝶。诗人为此感到愤愤不平。他设想自己如果有朝一日能做“青帝”，一定要长长菊花的威风，让菊花与桃花一起在春天怒放。这首诗寄托了诗人要彻底改变现状、平均天下贫富、掌握自己命运的远大抱负。

## 聂夷中



聂夷中（生卒年不详），字坦之，河南（今河南洛阳市）人，一说河东（今山西永济市）人。咸通十二年（871）登进士第。做过县尉之类的小官。他出身贫寒，对农民疾苦有深切体会。善写五言诗，真切自然而感人至深。《全唐诗》录存其诗37首。

### 田　家

父耕原上田①，子斸山下荒②。
六月禾未秀③，官家已修仓④。

【注释】① 原：此指地势较高的平地。② 斸（zhú）：斫地，开垦荒地。③ 禾未秀：是说庄稼还没有开花结籽。秀，植物抽穗开花。④ 官家：官府。修仓：修建粮仓。

【浅析】前两句写农家父子开荒种地辛勤劳作；后两句写官府“未雨绸缪”，早已在作劫掠劳动成果的准备。整首诗纯粹是平淡的叙述，然而通过前后两联对照，读者不难感受到诗人对田家的怜悯之意，对官府的憎恶之情。

## 来　鹄

来鹄（？—约883），一作来鹏，豫章（今江西南昌市）人。屡次参加科举考试都未中第。他怀才不遇，辗转漂泊，所以其诗多写羁旅之愁，有些诗抒发愤世嫉俗的心情。《全唐诗》录存其诗29首。

### 云

千形万象竟还空①，映水藏山片复重②。
无限旱苗枯欲尽③，悠悠闲处作奇峰④。

【注释】① 这句是说，天上的云朵呈现出各种各样的形象，但它们毕竟都是空的。② 这句是说，这些云朵有时倒映在水面上，有时匿藏在远山后，有时汇聚成一片，有时重叠成团。③ 旱苗：干旱的庄稼。枯欲尽：快要枯死了。④ 这句是说，云朵还在天上悠闲地晃荡，形成千奇百怪的山峰模样。

【浅析】这是首咏物诗，对云的千态万状的变化作了生动形象的刻画，抨击云陶醉于自我欣赏中，不肯化霖雨降落下来，对人间的干旱之苦持视而不见的恶劣态度。显然，这是托物咏怀，其实质是讽刺和斥责那些不关心民间疾苦、只管自己寻欢作乐的身居高位的统治者。

## 曹　松

曹松（约830—？），字梦徵，舒州（今安徽潜山县）人。早年流落江湖，到过许多地方。70多岁时才登进士第。其诗风格学贾岛，取境幽深，工于炼字，较少接触现实题材。《全唐诗》录存其诗2卷。

## 中秋对月[①]

无云世界秋三五[②]，共看蟾盘上海涯[③]。
直到天头天尽处[④]，不曾私照一人家。

【注释】① 中秋：农历八月十五日为中秋节。由于中秋正当秋分，阳光几乎直射月球朝地球的一面，加上地球上正值秋高气爽，能见度极好，看月亮分外圆亮，所以中秋节盛行赏月的习俗。② 三五：十五，即指八月十五日中秋节。③ 蟾(chán)盘：神话传说月中有蟾蜍(chú)，又因中秋夜的月亮似银盘，所以用它代指月亮。上海涯：从大海尽头冉冉上升。④ 这句是说，高悬空中的明月将皎洁的月光一直照射到天涯海角。

【浅析】前两句写人们"中秋赏月"的情况，后两句由中秋之月普照天下生出感慨，赞扬它"不曾私照一人家"的公正无私。诗人把月亮人格化、理想化，意在讽刺世间那些本应公正廉明的大小官僚私心十足、办事不公。



# 崔道融

崔道融(生卒年不详)，自号东瓯散人，荆州(今湖北荆州市江陵县)人。唐末时做过地方和中央机构的小官。《全唐诗》录存其诗70多首，都是绝句，多旅游题咏、吊古咏史之作。

## 田　上

雨足高田白[①]，披蓑半夜耕[②]。
人牛力俱尽，东方殊未明[③]。

【注释】① 高田白：地势较高的庄稼地里，由于积了些雨水，远远望去白茫茫一片。② 披蓑（suō）：披上蓑衣。蓑衣，古代防雨衣具，用蓑草或棕制成。③ 殊未明：一点儿也没有透出光亮。殊，很，极。这句是说，离天亮还早着呢。

【浅析】由于天旱缺水，高田无法耕种。突然夜里下起了足量的大雨，农民喜出望外，顾不上睡觉，立即连夜冒雨干活，直累得人困牛乏，但天尚未放亮。农民生活的艰苦、耕种的辛劳，于此可见一斑。

## 韩　偓

韩偓（wò，844—约914），字致尧，一作致光，小字冬郎，自号玉山樵人，京兆万年（今陕西西安市东南）人。10岁就能作诗，得到其姨夫李商隐的称赞。在唐末做过官。他擅写七言近体诗，内容多闺房艳情，色彩绮丽，悱恻柔婉。一些感时伤乱、慨叹身世之作，有现实意义。《全唐诗》录存其诗4卷。

### 观斗鸡偶作①

何曾解报稻粱恩②，金距花冠气遏云③。
白日枭鸣无意问④，惟将芬羽害同群⑤。

【注释】① 斗鸡：是我国一种古老的娱乐活动，让经过训练和武装的雄鸡互相搏斗以分胜负。在唐代，斗鸡之风盛极一时。偶作：偶然产生感触而写。② 解：懂得。稻粱：这里指主人喂养斗鸡的饲料。这句是说，斗鸡哪里懂得报答主人的养育之恩呢。③ 金距：套在斗鸡爪上的金属刺，搏斗时有利于刺伤对方。花冠：形状如花的鸡冠。气遏(è)云：形容斗鸡气焰十分嚣张。遏云，阻止天上云朵的飘浮。④ 无意问：无心过问。这句是说，当白天枭(xiāo)鸟鸣叫着残害弱小动物时，斗鸡全不关心，不闻不问。⑤ 这句是说，斗鸡只想在自己的羽毛上撒上辛辣的芥末，搏斗时伤害对方的眼睛。

**【浅析】** 在这首诗里，作者对斗鸡倾注了全部的憎恨和厌恶，说它神气活现、飞扬跋扈、忘恩负义、天良丧尽，只有残害同类的狠心，毫无怜悯弱小的仁心。显然，这是诗人在托物咏怀，他的本意，是抨击世间具有此类恶劣品质的人。



## 金昌绪

金昌绪(生卒年不详)，余杭(今浙江杭州市)人。身世不明。今仅有《春怨》诗传世。

### 春　怨①

打起黄莺儿，莫教枝上啼②。
啼时惊妾梦③，不得到辽西④。

**【注释】** ① 春怨：发生在春天的怨愁。② 莫教：不让。③ 妾：古代女子的自称。④ 辽西：辽河之西，今辽宁省西部，是闺妇丈夫远征守边的所在地。

**【浅析】** 诗中所写之事发生在春天的一个清晨。闺中少妇正在做好梦：远赴辽西去同戍守边关的丈夫相会，谁知却被枝头黄莺的啼鸣声吵醒。她因此十分恼火，起身把鸟儿赶走。从字面看，她是在怨黄莺惊醒了好梦，然而，真正破坏她夫妇团圆的显然不是黄莺，而是封建统治阶级穷兵黩武的政策。全诗一气而下，语浅情深，民歌风味浓郁。

## 杜荀鹤

杜荀鹤(846—907)，字彦之，号九华山人，石埭(今安徽石台县)人。出身孤寒，早有诗名，但屡次参加科举考试都遭失败，直到46岁才进士及第。他的诗继承了杜甫、白居易诗歌的优良传统，较广泛地反映唐末的黑暗状况。他的七律不用典故，语言浅近，长于白描，在唐代律诗中自成一格。曾自编《唐风集》3卷，今存。

### 小　松

自小刺头深草里①，而今渐觉出蓬蒿②。
时人不识凌云木③，直待凌云始道高④。

【注释】① 刺头：指初生小松细长尖锐的松针。② 而今：如今。蓬蒿：泛指野草。③ 时人：缺乏识见的普通人。凌云木：这里指能长入云霄的松树。凌云：直上云霄。④ 始道高：才开始称道松树能长得很高。

【浅析】诗人感叹小松未长大成材时不能为"时人"赏识，借此抒发自己得不到赏识和重用的牢骚。这首诗也启示我们，分析问题要善于抓本质，既要看它的眼前，更要看到它的发展和将来，不要被暂时的表面现象所迷惑。

### 再经胡城县①

去岁曾经此县城②，县民无口不冤声③。
今来县宰加朱绂④，便是生灵血染成⑤。

【注释】① 再经:再次经过。胡城县:故城在今安徽阜阳市西北。② 去岁:去年。曾经:曾经过。③ 这句是说,全县的老百姓没有不喊冤的。④ 县宰:县令,县官。加朱绂:指升官。朱绂(fú),系在官印纽上的红色丝带。⑤ 生灵:生民,百姓。

【浅析】这首诗以锐利的笔锋揭露唐末地方官吏对老百姓的欺压搜括已到了怨声载道的地步,但朝廷非但不追究县官的责任,反而给予其升官的嘉奖。由此看来,唐末农民大起义的爆发绝不是偶然的。后两句把"朱绂"想象成是"生灵血染成",既自然贴切,又增强了揭露的力度和深度,说明封建官吏的荣耀是用百姓的鲜血和生命换来的。



## 王　驾

王驾(生卒年不详),字大用,自号守素先生,河中(今山西永济市)人。大顺元年(890)登进士第。在中央机构做过小官,后弃官归隐。《全唐诗》录存其诗6首。

### 社　日[1]

鹅湖山下稻粱肥[2],豚栅鸡埘半掩扉[3]。
桑柘影斜春社散[4],家家扶得醉人归[5]。

【注释】① 社日:古代祭祀社神(土地神)的日子,每年有两次,春天的一次叫春社。② 鹅湖山:在今江西铅山县北。稻粱肥:指庄稼长得很旺盛。③ 豚(tún)栅:圈猪的栅栏。鸡埘(shí):在土墙上凿洞做成的鸡窝。扉:门。这句是说,家家都有猪圈鸡舍,因主人出去参加春社活动,门儿虚掩着。④ 桑柘

(zhè)：桑树、柘树。柘树的叶也可喂蚕。⑤ 醉人：喝醉酒的人。春社时，村民们聚集一起宰杀猪羊，先祭土地神，祈求风调雨顺、五谷丰登，然后便可开怀畅饮，享用祭品。

【浅析】这首诗描画农民参加春社活动的片断，反映了古代农村的风俗习惯。前两句刻画山村风光，点出农事兴旺，户户富足，为下文铺垫。后两句写夕阳西下，春社活动结束。从"家家扶得醉人归"句中可以看出，村民们心情很欢畅，民风很淳朴。

## 郑 遨

郑遨(866—939)，字云叟，滑州白马(今河南滑县东)人。唐末时见天下已乱，就抛弃了妻子儿女，入少室山为道士。后唐明宗、后晋高祖时召他到朝廷做官，他都未答应。他的诗在当时很受人们珍爱，传抄后互相赠送。《全唐诗》录存其诗17首。

### 伤 农

一粒红稻饭①，几滴牛颔血②。
珊瑚枝下人③，衔杯吐不歇④。

【注释】① 红稻：一种名贵稻种，米呈暗红色，又称红霞米、血糯、胭脂糯等。② 牛颔(hàn)血：耕牛下巴流出的血。这句是说，牛耕地时，用力向前，牛颔被套绳磨破出血。③ 珊瑚枝下人：指富豪，财主。珊瑚枝，由热带海里的珊瑚虫的石灰质骨骼聚集而成，形状类树枝，多为红色或白色，古时为贵重物品，富豪人家常供于几案赏玩。④ 衔杯：指持杯饮酒。

【浅析】诗人用“一粒红稻饭”与“几滴牛颔血”造成强烈的对比效果，说明粮食之得来很不容易，而富贵人家却视为草芥，任意糟蹋。在客观的叙述中暗寓着作者的愤慨心情。

## 陈玉兰

陈玉兰（生卒年不详），晚唐诗人王驾之妻。生平事迹不明。今仅存这首《寄夫》诗。

### 寄　夫

夫戍边关妾在吴①，西风吹妾妾忧夫。
一行书信千行泪，寒到君边衣到无②？

【注释】① 戍边关：在边疆关隘防守。妾：古代女子的自称。吴：春秋时吴国的辖地，今江苏南部、浙江北部一带。② 这句是说，寒冷的天气已降临到你身边，我寄给你的寒衣不知收到没有？

【浅析】这首诗非常细腻地刻画出闺妇对于戍边丈夫的一片深情。当西风在耳畔呜呜作响的时候，她的心就被揪紧了。尽管在此之前她早已把御寒之衣寄往边关，但不知此刻边关之人收到没有。于是，闺妇再写一封书信询问详情。“一行书信千行泪”，对比强烈，突出了闺妇对于征人的深厚感情。全诗语言通俗明快，音调谐和自然，具有民歌特点。

## 金缕衣①

无名氏

劝君莫惜金缕衣，劝君惜取少年时②。
有花堪折直须折③，莫待无花空折枝。

【注释】① 金缕衣：用金线缝制成的精美华贵的衣服。这首诗在中唐时期被广泛传唱。② 惜取：爱惜。取，语助词，有“着”、“得”的意思。③ 堪（kān）：可以，能。这句是说，当枝头有花折时就一定去折取下来。

【浅析】此诗的核心思想体现在第二句：“劝君惜取少年时”，即劝人珍惜青春年华。首句用“劝君莫惜金缕衣”作为衬托，突出“少年时”之珍贵远在“金缕衣”之上。因为金缕衣是身外之物，可随时更换，而“少年时”却一去永不再来。三、四两句，用花作比喻，进一步形象地指出青春时光容易消逝，若不抓紧利用，以后就悔恨莫及。这首诗多用叠字，读来朗朗上口，易记易诵。

# 高 越

高越（生卒年不详），字仲远，幽州（今北京市一带）人。在五代十国的吴国做过官。今仅存这首诗。

## 咏 鹰①

雪爪星眸世所稀②，摩天专待振毛衣③。
虞人莫漫张罗网④，未肯平原浅草飞。

【注释】① 据《唐诗纪事》卷七十一“高越”条记载,高越进士及第后,声名大振。鄂帅李简待他很好,还想把女儿嫁给他。高越知道后,写了这首诗题在墙壁上,不辞而去。② 雪爪:洁白如雪的指爪。星眸(móu):明亮如星的眼珠。世所稀:世上稀有。③ 摩(mó)天:上摩青天,形容飞得很高。摩,摩擦。专待:只待。振毛衣:振动起强劲有力的双翅。毛衣,形容鹰翅羽毛浓密。④ 虞人:古代掌管山泽、园林、田猎的官,这里指猎人。漫(màn):这里是随便的意思。

【浅析】前两句正面描述鹰的俊美雄健的形象,后两句劝猎人不要存捕鹰的幻想,须知在平原张罗网是徒劳无益的,因为鹰根本不会飞到平原浅草的地方。诗人这样写,是借咏鹰表白自己志向高远,劝李简不要存笼络自己的心思。

# 宋代（78 首）

## 王 溥

王溥（pǔ,922—982），字齐物，并州（今山西太原市）人，先后在后周、北宋为官。他十分好学，手不释卷，学问宏博。著有文集 20 卷，《唐会要》100 卷，《五代会要》30 卷。

### 咏牡丹

枣花最小能结实①，桑叶虽柔能作丝。
堪笑牡丹如斗大③，不成一事成空枝。

【注释】① 结实：结出果实，这里指枣子。② 堪笑：可笑。

【浅析】枣花、桑叶虽然很不起眼，但一能结实，一能喂蚕，有实用价值。牡丹花又大又艳，很能博得观赏者的称赞，但当它凋谢后，就一无用处了。这首诗赞颂了默默无闻、埋头苦干的求实精神，嘲笑了哗众取宠、华而不实的风头主义。

## 蒨 桃

蒨（qiàn）桃（生卒年不详），北宋著名宰相寇准的侍妾。蒨，通“茜”。

## 呈寇公[1]

一曲清歌一束绫[2]，美人犹自意嫌轻[3]。
不知织女萤窗下[4]，几度抛梭织得成[5]。

【注释】① 寇公：指宋初名相寇准。寇准在政治上有作为，但生活豪华奢侈。有一次，寇准在听一个歌女唱几首歌后，就赠给她“束彩”（一匹彩绸），歌女还感到不满意。蒨桃看到后，立即写了两首诗上呈寇准。这是其中的第一首。② 清歌：清脆动听的歌。绫：丝织品的一种。③ 美人：指歌女。犹自：还是。④ 萤窗：指窗内灯光微弱，像萤火虫发出的光亮那样。⑤ 几度：多少次。抛梭（suō）：古代纺织时，须把梭子抛过来抛过去。

【浅析】这首诗用对比手法，揭露封建社会极不合理的现象：织女辛苦劳动的成果，大官僚对它毫不爱惜，胡乱赏赐，而歌女居然还感到所得太少，很不满意。一个地位卑下的侍妾，敢于向主子呈上这样一首讽刺意味很强的诗歌，是非常难得的。

## 范仲淹

范仲淹（989—1052），字希文，吴县（今江苏苏州）人。幼年刻苦自学，中进士后为官多年，镇守边疆时能积极防御外族入侵，在中央任职时推行过一些政治改革。晚年所作《岳阳楼记》是千古名篇。卒谥文正，有《范文正公集》。

## 江上渔者[①]

江上往来人[②]，但爱鲈鱼美[③]。
君看一叶舟[④]，出没烟波里[⑤]。

【注释】① 渔者：渔夫。② 江上往来人：指途经江上的旅客。③ 但：只，只是。鲈(lú)鱼：体形扁狭，口大鳞细，身体上部青灰色，下部灰白色，有黑斑。产于长江下游，味道鲜美。④ 一叶舟：指打鱼船很狭小，如一片树叶在江面飘浮。⑤ 这句是说，打鱼船在波涛汹涌、烟波浩渺的长江里忽起忽伏、忽隐忽现，非常危险。

【浅析】这首诗以简洁生动的笔触，勾勒了一幅栩栩如生的江上捕鱼图。诗人对渔民的艰辛予以深切的同情，也暗讽了那些只图口腹之欲、不体恤民生疾苦的官僚、富豪。

# 杨　璞

杨璞（生卒年不详），字契元，新郑（今河南新郑市）人。由五代入宋，一生大部分时间生活在五代战乱之时。宋太宗曾召见过他，他赋《莎衣》诗表明不愿做官的志向，归隐乡野。

## 七　夕[①]

未会牵牛意若何[②]，须邀织女弄金梭[③]。
年年乞与人间巧，不道人间巧已多。

【注释】① 七夕：农历七月初七为七夕节。传说织女在这一天渡过天河与牛郎相会。民间在七夕有“乞巧”(祈求赐予智慧)的活动,因此七夕又称乞巧节。② 未会:不明白,不知道。牵牛:牵牛星。意若何:心意怎样。③ 弄金梭:摆弄金梭,指从事纺织工作。

**【浅析】**早在南北朝时,民间妇女已流行在七夕节结扎彩楼、陈设供品、对月穿针乞求眼明手巧的习俗。这首诗责备牛郎请求织女给人间赐巧是多此一举,因为人间的“巧”本来已经很多了。很明显,这是诗人的借题发挥,其真实意图,是表达对当时社会上玩弄权术、投机取巧的人的憎恶。



## 曾公亮

曾公亮(999—1078),字明仲,泉州晋江(今属福建)人。宋仁宗天圣二年(1024)进士,历任翰林学士、知开封府、枢密使、同中书门下平章事等。以太傅致仕(退休),卒赠太师、中书令,谥号宣靖。他曾推荐王安石并一同辅政。与丁度编有《武经总要》。

### 宿甘露僧舍①

枕中云气千峰近②,床底松声万壑哀③。
要看银山拍天浪④,开窗放入大江来。

**【注释】**① 甘露:即甘露寺,在江苏镇江市北固山上,北枕长江,风景绝佳,是游览胜地。② 这句是说,枕边云雾之气缭绕,似置身于千峰万峦之间。③ 壑:山谷、山沟。这句是说,床底松涛声连续不断,闻之生悲,似置身于千山万壑间。

④ 银山：指江面上的巨浪。

【浅析】这首诗写诗人夜宿甘露寺僧舍时的所见、所闻、所思。前两句主要写所见所闻，实中有虚，意在凸现甘露寺的高耸险峻；后两句写作者的想象，构思之巧妙令人叹为观止。大江东流，山寺静峙，本不相属，诗人却说“开窗放入大江来”，如此写法，既透露了作者对大江的喜爱之情，更主要的是渲染了大江白浪滔天、层层推进的澎湃气势。王安石的诗句“两山排闼送青来”（《书湖阴先生壁》），与它有异曲同工之妙。

## 梅尧臣

梅尧臣（1002—1060），字圣俞，世称宛陵先生，宣城（今安徽宣城市）人。在地方和中央担任过官职，但都不大。参加过《新唐书》的编写工作。他的诗风格古朴平淡，能多方面反映社会生活。与欧阳修是好友，同为北宋前期诗文革新运动领袖，有《宛陵先生文集》。

### 时　鱼①

四月时鱼逴浪花②，渔舟出没浪为家。
甘肥不入罟师口③，一把铜钱趁桨牙④。

【注释】① 时鱼：即鲥鱼，属于海产鱼类，春季到长江等河流中产卵。背部黑绿色，腹部银白色，肉鲜嫩，鱼鳞下有丰富的脂肪，是名贵的食用鱼。② 逴（chuò）浪花：在浪花中腾跃。逴，超越。③ 甘肥：借指鲥鱼。罟（gǔ）师：渔夫。④ 趁：有“随”的意思。桨牙：鱼贩子。这句的意思是，鱼贩子随便摸出一把铜钱就收购到了名贵的鲥鱼。

【浅析】渔民冒着生命危险捕捉到了鲥鱼，但为了换钱谋生却不能品尝时鲜，出售时又遭到鱼贩子的恶意压价。诗人对渔民的苦难生活表示深切同情，对奸诈的鱼贩子则带有明显的憎恨之情。

## 陶 者[1]

陶尽门前土[2]，屋上无片瓦。
十指不沾泥，鳞鳞居大厦[3]。



【注释】① 陶者：制作砖瓦的劳动者。陶，制作陶器。② 这句的意思是，陶者为了制作砖瓦，挖尽了门前的泥土去做砖瓦坯。③ 鳞鳞：指大厦的屋顶上铺盖着像鱼鳞片那样整齐严密的瓦片。

【浅析】这首诗揭示了封建时代劳动者终年辛劳却一无所有，剥削者四体不勤反而能尽情享受的极不合理的社会现象。

# 欧阳修

欧阳修(1007—1072)，字永叔，别号醉翁，晚年又号六一居士，庐陵(今江西吉安市)人。幼贫而好学。官至枢密副使、参知政事(相当于副宰相)，谥号文忠。他为官正直，关怀百姓，要求改革政治。同时又是北宋诗文革新运动领袖，非常注意提携后进，对当时文学的发展起了重要作用。撰有《新五代史》，主持编写了《新唐书》。有《欧阳文忠公集》、《六一词》。

## 画眉鸟[①]

百啭千声随意移[②]，山花红紫树高低[③]。
始知锁向金笼听[④]，不及林间自在啼[⑤]。

【注释】① 画眉鸟：鸟名，身体棕褐色，腹部灰白色，有白色眼圈，头、后颈和背部有黑褐色斑纹。叫声婉转动听。② 啭（zhuàn）：鸟儿婉转地鸣叫。这句的意思是，画眉鸟随心所欲地飞来飞去，发出阵阵鸣声。③ 这句的意思是，画眉鸟活动的环境十分幽雅，那里山花烂漫，杂树繁茂。④ 始知：才知道。锁向金笼：指被人捕捉住，关锁在装饰精美的鸟笼里。向，在。⑤ 自在：自由自在地。

【浅析】锁在金笼里的画眉鸟的鸣叫声再动听，但与它在山林里的鸣声相比，就要逊色多了。究其原因，是因为画眉鸟前后的处境大不一样。诗人感慨此事，曲折地反映了他对无拘无束的自由生活的向往和赞美，对等级森严的官场生活的厌倦。

## 田　家

绿桑高下映平川[①]，赛罢田神笑语喧[②]。
林外鸣鸠春雨歇[③]，屋头初日杏花繁[④]。

【注释】① 高下：高矮不齐。映：掩映。平川：平原。② 赛田神：旧时农村的一种迷信活动，在春社日（立春后第五个戊日）用供奉祭品、表演歌舞等形式向田神祈求丰年。赛，祭祀神灵。③ 鸣鸠(jiū):鸣叫不停的鹁(bó)鸠鸟。④ 初日:刚刚升起的太阳。繁:繁茂。

**【浅析】** 这首诗一方面描绘了春日农村绿桑掩映、枝头鸟鸣、旭日朗照、杏花艳丽的自然风光,一方面写出了农民在结束祭神活动后互相嬉笑的热闹场景,洋溢着欢快气氛,表现出诗人对于农村风光、田家生活的欣赏态度。

## 苏舜钦

苏舜钦(1008—1048),字子美,绵州盐泉(今四川绵阳东)人,后迁居开封(今河南开封市)。性格刚强,敢说敢为。做官后因参加范仲淹为首的政治革新集团得罪权贵被免职,遂寓居苏州,修沧浪亭(现存)。诗歌与梅尧臣齐名,称"苏梅"。诗风雄健豪放。有《苏舜钦集》。



### 淮中晚泊犊头[①]

春阴垂野草青青[②],时有幽花一树明[③]。
晚泊孤舟古树下,满川风雨看潮生。

**【注释】** ① 淮中:淮河旅途中。泊:船停靠。犊(dú)头:地名。② 春阴:春天的阴云。垂野:垂于野。形容阴云笼罩田野。③ 时:有时候。幽花:幽深之处的花。明:鲜明。④ 川:河。生:涨起来。

**【浅析】** 前两句重点在"花",后两句重点在"潮"。先写春野即景,突出幽花在春阴垂野时的独特景观;后写泊舟即兴,写出作者在古祠下、风雨中观潮的恬淡自适的兴味,表明自己遭遇厄运时泰然处之的态度。

## 李觏

李觏(gòu,1009—1059),字泰伯,南城(今江西南城县)人。应试不中,范仲淹荐之为试太学助教,后任海门主簿。他是北宋思想家,敢于议论传统观点,曾著文非议孟子。其诗受韩愈等人影响。有《李直讲先生文集》。

### 读长恨辞①

蜀道如天夜雨淫②,乱铃声里倍沾襟③。
当时更有军中死④,自是君王不动心⑤。

【注释】① 长恨辞:即白居易的《长恨歌》。② 蜀道如天:自长安往四川去的道路像上天一样艰难。淫:过多。③ 乱铃声:系在车驾上的铜铃所发出的杂乱音响。倍:更加。沾襟:指流泪。④ 军中死:在作战中阵亡。⑤ 君王:指唐玄宗李隆基。动心:心里感动。

【浅析】白居易的《长恨歌》描写了唐玄宗对杨贵妃的无限深情和在她死后的不尽思念。该诗前两句概括《长恨歌》中写玄宗入蜀途中的主要内容,后两句由此发出议论:当时有一些更值得哀悼的为国捐躯的壮士却并未为唐玄宗所关心、怀念。诗人正是从这样的强烈对比中,讽刺了唐玄宗只重女色、不恤士兵的态度。

### 乡　思①

人言落日是天涯②,望极天涯不见家③。
已恨碧山相阻隔,碧山还被暮云遮④。

【注释】① 乡思:即思乡,思念家乡。② 天涯:天边。形容极远的地方。③ 极:尽。④ 遮:遮掩。古音读 zhā,与“涯”、“家”押韵。

【浅析】这是一首著名的思乡诗。诗歌大意是:天涯要算远了,但还望得见;但家乡却被碧山所阻隔,而碧山又被暮云所遮掩,障碍重重,无法望见。全诗思乡之情溢于言表。本诗写法在古典诗歌中不是仅有的,如欧阳修《踏莎行》词:“楼高莫近危栏倚,平芜尽处是春山,行人更在春山外。”《千秋岁·春恨》:“夜长春梦短,人远天涯近。”其写法都和本诗十分相似。



## 张 俞

张俞(生卒年不详),公元 1039 年前后在世。字少愚,益州郫(pí,即今四川郫县)人。屡次参加进士考试都未中。后隐居四川青城山白云溪,自号白云先生。有《白云集》。

### 蚕 妇[①]

昨日入城市,归来泪满巾。
遍身罗绮者[②],不是养蚕人。

【注释】① 蚕妇:养蚕妇女。② 罗绮者:穿戴绫罗绸缎的人。这里指居住在城市里的高官显贵、富商巨贾以及有钱人家的妇女。

【浅析】农村养蚕女难得入城,心情应该是喜悦的,但她却泪流满面地回来了。这是为什么呢?原来她亲眼看到自己的劳动果实被他人在享用,意识到自己处于被剥削、被掠夺的卑微地位。诗人这样写，目的是要抨击"劳者不获，获者不劳"的极端不合理的社会现象，揭露当时阶级剥削的严重性。

## 曾　巩

曾巩(1019—1083)，字子固，南丰(今江西南丰县)人。少有文名，为欧阳修所赏识。嘉祐二年(1057)中进士，曾官至中书舍人(中央机构中书省的属官，负责起草诏令、文件等)。他的散文写得很好，是"唐宋八大家"之一，受到王安石和欧阳修的赏识。所作诗歌平实清健。有《元丰类稿》。

### 咏　柳

乱条犹未变初黄①，倚得东风势更狂②。
解把飞花蒙日月③，不知天地有清霜④。

【注释】① 乱条：凌乱的柳条。初黄：早春时分，柳条开始出现鹅黄色的叶芽。② 势：气势，气焰。狂：猖狂。③ 解：懂得。飞花：指柳絮。晚春时，白色的柳絮漫天飞舞，所以称"飞花"。蒙：蒙蔽，遮盖。④ 清霜：秋天的严霜。

【浅析】这是首有寄托的咏物诗。柳条每逢春天来到，便神气活现起来，但一到秋天，就叶落枝枯，大难临头了。诗人如此咏柳，实际上是在刻画仗势欺人者的丑态。结尾一句，是诗人对这类小人的严正警告。

## 王安石

王安石(1021—1086)，字介甫，晚号半山，临川(今江西抚州市临川区)人。庆历二年(1042)中进士。他是北宋著名的政治家,在任同中书门下平章事(相当于宰相)期间,大力推行新法,但受到大官僚地主阶级的反对,曾被两度罢相。晚年退居江宁(今江苏南京)。保守派上台后,尽废新法,他抑郁病死。他的文章雄健峭拔,是"唐宋八大家"之一,所作诗歌健朗清新。今存《王临川集》等。

## 书湖阴先生壁①

茅檐长扫净无苔②,花木成畦手自栽③。
一水护田将绿绕④,两山排闼送青来⑤。

【注释】① 湖阴先生:杨德逢的别号,诗人住在今南京紫金山下时的邻居。壁:墙壁。原题有2首。② 茅檐:茅屋檐下。这里指杨家的庭院。长:常常。③ 畦(qí):分隔开的一块块田地。④ 这句的意思是,一条小溪环绕着绿色的田园流淌而过,像是有意护卫它似的。⑤ 这句的意思是,两座山排门而入,将苍翠的山色送进屋内。排闼(tà):推开门。闼,本指宫中小门。

【浅析】这首诗描绘湖阴先生居所的洁静幽雅,景色宜人,并赞扬他清高脱俗、勤劳朴实的品质。后两句是历代传诵的名联,不仅生动地展示了杨家周围的景物特征,还借助拟人手法,表现出湖阴先生与山水自然亲密无间、浑然一体的关系。

## 乌江亭①

百战疲劳壮士哀②,中原一败势难回③。
江东子弟今虽在,肯与君王卷土来④?

【注释】① 乌江亭：在今安徽省和县东北四十里的乌江镇。关于项羽发生在乌江亭的故事，参看第79页杜牧《题乌江亭》诗的注释。② 壮士：指项羽。③ 中原一败：指垓下大败。垓下在今安徽省灵璧县，地属中原。势难回：大势已去，难以挽回。④ 肯：岂肯，怎么肯。

【浅析】这是首咏史诗。它针对杜牧的诗发表不同意见。杜牧《题乌江亭》诗后两句说："江东子弟多才俊，卷土重来未可知。"王安石则认为即使项羽听从乌江亭长的劝告回到江东，江东子弟又怎肯再为他上阵厮杀呢。也就是说，王安石认为项羽已失去民心，不可能再得到百姓的拥护和支持了。

## 梅　花

墙角数枝梅，凌寒独自开①。
遥知不是雪②，为有暗香来③。

【注释】① 凌寒：冒着严寒。② 这句的意思是，在远处遥望，就知道它不是雪花而是梅花。③ 为：因为。暗香：香气只能凭嗅觉感受到，肉眼无法看见，所以称"暗香"。

【浅析】梅花虽然僻处墙角，不为人注意，但仍能顶风冒雪，开放出晶莹如玉的花朵。非但如此，它还能散发出沁人心脾的幽香，使人们在瑟缩的严冬嗅到春天的气息，看到温暖的希望。诗人喜爱生长在冷落"墙角"的梅花，可能蕴涵着对有才能的小人物的关注、器重。

## 徐　积

徐积(1028—1103)，字仲车，山阳(今江苏淮安市)人。幼孤。英宗治平四年(1067)中进士。事母极孝，行为拘谨。能诗文，亦能词。有《节孝先生集》。

### 赠黄鲁直①

不见故人弥有情②，一见故人心眼明③。
忘却问君船住处，夜来清梦绕西城④。

【注释】① 黄鲁直：即著名诗人黄庭坚，字鲁直。② 故人：老朋友。弥：更加。③ 心眼明：心明眼亮，形容高兴。④ 西城：当是两人相见处。

【浅析】好朋友因分别反而加深了感情。一旦见面，高兴异常，而忘了询问老朋友的泊船之处。事后虽觉惆怅，却为他带来情意缠绵的梦境，添得诗情。诗歌质朴自然，没有花言巧语，却写出了朋友之间的深情厚谊。

## 王　令

王令(1032—1059)，字逢原，原籍魏郡元城(今河北邯郸市大名县)，后移居广陵(今江苏扬州市)，生活贫寒。为人孤直倜傥，不图仕进，以教书为业。王安石很器重他，以妻妹嫁之。28岁病逝于常州。诗风奇崛豪放，有《广陵先生文集》、《王令集》，存诗480多首。

## 晚　春

三月残花落更开①，小檐日日燕飞来。
子规夜半犹啼血②，不信东风唤不回。

【注释】①更：又。②子规：即杜鹃，别称杜宇、望帝，啼声悲切。传说是战国时蜀王望帝杜宇魂魄所化。因思念故土，日夜啼血，叫声像“不如归去”。

【浅析】该诗前两句紧扣题目，描写晚春景象，却不写落英满地、一片凄惨，而是说花虽落而犹开，燕虽去而犹来，意在表明虽是晚春季节，但春天仍在。后两句明写子规鸟想唤回春天，实是表达自己的人生信念：只要坚定不移、持久不懈地努力，一定能实现预期目标！该诗的构思、立意迥异常人，结句的“不信东风唤不回”更以其豪迈乐观的情怀为人们所激赏。

# 苏　轼

苏轼（1037—1101），字子瞻，别号东坡居士，眉山（今四川眉山市）人。嘉祐二年（1057）与弟苏辙中同榜进士，深受主考官欧阳修赏识。先后在中央和地方做官多年，有自己的政治主张，为百姓办了不少好事。苏轼学识渊博，多才多艺，喜奖励后进，是杰出的散文家、诗人、词人。与父洵、弟辙合称“三苏”，与著名诗人黄庭坚合称“苏黄”，与著名词人辛弃疾合称“苏辛”。有《东坡七集》、《东坡乐府》等。

## 琴　诗

若言琴上有琴声①，放在匣中何不鸣？
若言声在指头上，何不于君指上听？

【注释】① 若言：如果说。

【浅析】从题目看，这是首咏琴诗，一般的写法，是或描写琴之精美绝伦，或表现琴声之美妙动听。但诗人完全撇开这些常规内容，而是写出他对琴何以能发出琴声的思考，实际上是以弹琴作为比喻，指出人们做任何事情都必须具备一定的主客观条件，两者配合恰当，才能达到好的效果。这首诗既非写景咏物，又非抒情遣怀，而是借助了具体物象（琴、弹琴、琴声）体现了诗人的哲学思考，所以人们称这类诗为“理趣诗”。



## 题西林壁①

横看成岭侧成峰，远近高低各不同②。
不识庐山真面目，只缘身在此山中③。

【注释】① 西林壁：西林寺的墙壁。西林寺，又称乾明寺，位于庐山七岭之西。② 这句的意思是，游人处在远、近、高、低不同的位置观看庐山，会发现庐山的形貌各有不同。③ 缘：因为。

【浅析】这是首包蕴着深刻哲理的名诗。它是苏轼遍游庐山后对庐山全貌的总结性题咏。身在庐山之中，反而不易把握它的整体形象，只有通过不同距离、不同角度的多次观照，才能对庐山的“真面目”有一个较为完整的认识。这首诗启示人们思考该怎样去正确认识客观事物，怎样去看待全体与部分、宏观与微观、分析与综合的关系。

## 饮湖上，初晴后雨①

水光潋滟晴方好②，山色空蒙雨亦奇③。
欲把西湖比西子④，淡妆浓抹总相宜⑤。

【注释】① 这首诗是公元1073年苏轼在杭州做官时写。此题共有2首。② 潋滟（liàn yàn）：水流荡漾、波光闪耀的样子。晴方好：天晴时才显得美好。③ 空蒙：云雾迷蒙的样子。雨亦奇：下雨时也很奇妙。④ 西子：西施，春秋时越国著名的美女。⑤ 淡妆：素淡简朴的妆饰。浓抹：浓艳繁缛的妆饰。总相宜：都适宜，都好看。

【浅析】这首诗是歌咏西湖美景的名篇。前两句用高度概括但又十分形象的语言，称赞西湖的景致无论是晴天还是雨天都非常美好、奇妙。后两句选取古代美女的代表西施作比喻，进一步赞颂西湖在任何时候、任何情况下都有动人的魅力。苏轼把西湖比拟为西施，想象奇特、美妙并且十分贴切，后来人们就把"西子湖"作为西湖的别称了。

## 惠崇春江晓景①

竹外桃花三两枝②，春江水暖鸭先知。
蒌蒿满地芦芽短③，正是河豚欲上时④。

【注释】① 惠崇：当时著名的画家，是个和尚。《春江晓景》是他创作的一幅画。苏轼的这首诗，就题写在画上。诗题又作《惠崇春江晚景》。② 竹外：竹林外。③ 蒌蒿（lóu hāo）：

多年生草本植物，花淡黄色，茎可食。芦芽：芦苇的嫩芽，也叫芦笋，可食。④ 河豚(tún)：一种鱼的名称，味道极鲜美，但内脏等有剧毒。欲上时：快要到上市的时候了。春天，河豚由近海随潮而上，入江河产卵，因此得以捕捞。

【浅析】这是首题画诗。好的题画诗，应该做到与画互相映发，成为珠联璧合的整体。尽管《春江晓景》这幅画已无法看到，但这首诗确实把江南水乡的早春风光生动逼真地展现在读者眼前，使人们感受到春天的勃勃生机。“春江水暖鸭先知”一句，是诗人细致观察生活，善于分析、判断的结果，还蕴含着“实践出真知”的哲学道理，历来对它评价很高。



## 郿坞[1]

衣中甲厚行何惧[2]，坞里金多退足凭[3]。
毕竟英雄谁得似[4]？脐脂自照不须灯[5]。

【注释】① 郿(méi)坞：故址在今陕西眉县东北，距长安(今陕西西安市)260 里。东汉末年，董卓独揽朝政大权。他残暴专横，贪得无厌，在郿地筑坞(城堡)作为巢穴。墙高八丈，厚七丈，周围一里多。坞内藏有大量金银珠宝，储粮可用 30 年，称为“万岁坞”。② 衣中甲厚：董卓害怕被人行刺，在衣服里穿厚厚的铠甲防身。行何惧：出行在外，又有什么害怕呢。③ 退足凭：董卓筑成郿坞后自夸说，凭着它，进可以雄踞天下，退足可闲居养老。凭，依凭，依靠。④ 毕竟：究竟。英雄：这里是反语讽刺。这句的意思是，天下英雄，究竟哪一个跟他相似呢？⑤ 脐脂：指董卓肚脐里的脂油。王允、吕布杀死董卓后，把他的尸体放在长安街头示众。他身体肥胖，加上死后天气炎热，脂油流溢到地，守尸士兵在他肚脐上插灯芯点燃作为油灯。

【浅析】这是首咏史诗。前两句，苏轼仿董卓的口吻写了他自以为得意的两件事：衣中套甲和筑坞藏金。后两句急转，诗人以极其辛辣的笔锋挖苦他非但不能善终，死后还被人用身上的脂油点燃作灯，与一般“英雄”的结局果然大不一样。反话正说，更显出诗人对董卓的愤恨、鄙夷之情。

## 赠刘景文[①]

荷尽已无擎雨盖[②]，菊残犹有傲霜枝。
一年好景君须记，最是橙黄橘绿时[③]。

【注释】① 刘景文：名季孙，博学能诗，最初为王安石所赏识、提拔。苏轼与他也有密切的交往，称他是“慷慨奇士”，还荐举过他。② 擎雨盖：指荷叶。荷茎上生着硕圆的荷叶，犹如打着雨伞。③ 最：一作“正”。橙黄橘绿时：指秋末冬初时期。橙子、橘子都成熟于秋冬之交。

【浅析】这首诗写于哲宗元祐五年(1090)，当时苏轼任杭州太守，刘景文任两浙兵马都监，驻杭州。首句言秋冬季节众物凋零，荷叶枯萎，是为下文作陪衬。次句赞美菊花不畏风霜，犹有枝杆傲然屹立。然而更让人欢喜的是橙橘。它们虽处霜寒之中，非但没有丝毫的损折，反而因“经冬犹绿林”(张九龄《感遇》诗)的枝头挂满黄绿参差的累累果实而更显盎然生机。诗人称“橙黄橘绿”时节为一年中最好的美景，并要友人牢记，似有希望对方坚持理想、坚持操守的寓意。

## 孔平仲

孔平仲(生卒年不详),字毅父,临江新喻(今江西新余县)人。做京官、地方官多年,与兄文仲、武仲并称“三孔”,又与苏轼、苏辙兄弟并称“二苏三孔”。擅长史学,工诗,风格接近苏轼。

### 禾　熟

百里西风禾黍香①,鸣泉落窦谷登场②。
老牛粗了耕耘债③,啮草坡头卧夕阳④。

古小诗精华

【注释】① 西风:秋风。禾:禾苗,特指水稻的植株。黍:黍子,去皮后叫黄米。② 鸣泉:响泉。落窦(dòu):因为是秋天,水退了些。窦:孔穴,窟窿。③ 粗了:大体了结。这句的意思是,老牛初步完成了它耕地的工作任务。④ 啮(niè):用牙啃或咬。

【浅析】本诗的特点是形象鲜明,意境高远,诗中有画。开头两句是背景,画的是一幅农村秋景图;后两句写老牛,是画的主体。老牛身上寄托了诗人特有的审美情趣和仁爱的思想情怀。

## 黄庭坚

黄庭坚(1045—1105),字鲁直,号山谷道人,又号涪翁,洪州分宁(今江西修水县)人。英宗时进士,哲宗时任校书郎等,后被贬为涪州别驾。徽宗时一度起复,后又遭诬谗,几经贬徙,最后死于宜州(今广西宜州市)。他早年受知于苏轼,为“苏门四学士”之一。诗与苏轼齐名,世称“苏黄”。诗风奇崛瘦硬,开创“江西诗派”,对后世影响很大。有《山谷集》、《山谷琴趣外篇》。

## 乞猫

秋来鼠辈欺猫死，窥瓮翻盘搅夜眠①。
闻道狸奴将数子②，买鱼穿柳聘衔蝉③。

【注释】① 窥瓮（wèng）：窥视储粮的瓮缸。瓮，一种腹大口小的陶器。搅夜眠：是说老鼠搅得人不得安然入睡。② 狸奴：猫的别称。猫与狸相似，故有此称。将数子：生养了几只小猫。将，养。③ 衔蝉：猫的别称。猫善于捕蝉，故有此称。

【浅析】家中养的猫死去了，老鼠因此猖獗起来，害得主人不得安睡，于是诗人向友人"乞猫"。这首诗表现的是日常生活中的一件细事，却写得饶有情趣。首句说老鼠"欺猫死"，是对老鼠心理活动的揣摩。"买鱼穿柳"，是说自己买了些小鱼穿在柳条上，拎着去友人家，作为"乞猫"的礼物，生动地写出诗人急于求猫的神态。一个"聘"字，写得更为风趣。聘请时表示敬意的礼物叫聘礼。诗人拎着一串小鱼去友人家下"聘礼"，小事而用庄重之语、庄重之礼，就显得滑稽可笑了。因此说，生动活泼、诙谐有趣，是这首诗的最大特点。

# 秦观

秦观（1049—1100），字少游、太虚，号淮海居士，高邮（今江苏高邮市）人。北宋著名的婉约派词人，"苏门四学士"之一。因被视为"旧党"，屡遭贬谪。其词清新婉丽，精致细密，秀丽有余，筋骨不足，气魄也显得狭小。其诗犹如其词，有称其"女郎诗"的。有《淮海集》。

## 春日

一夕轻雷落万丝[①]，霁光浮瓦碧参差[②]。
有情芍药含春泪[③]，无力蔷薇卧晓枝[④]。

【注释】① 夕：夜。万丝：指密密细雨。② 霁(jì)光：初晴的阳光。参差(cēn cī)：形容瓦的一层一层。这句是说，朝阳照在琉璃瓦上，浮动着一层层的绿光。③ 春泪：指未干的雨点。④ 无力：形容娇嫩。卧晓枝：躺在早晨的花枝上。

【浅析】作者观察细致，描写细腻。首句“轻雷”对“万丝”，因为轻雷，所以下的是细雨。次句一个“浮”字用得好，写出了太阳光照射在琉璃瓦上闪烁浮动的状态，十分形象贴切。后两句写雨后晓色中水淋淋的芍药、懒洋洋的蔷薇，表现了诗人精细的观察力。不仅如此，诗歌的形象还倾注着诗人丰富的思想感情。开头两句写春雨、春阳喜形于色。后两句写芍药、蔷薇泛起淡淡的哀愁，于是看芍药如有情而含泪，蔷薇似无力而卧晓枝。这样写，丰富了诗歌的意蕴。不过，诗题较空泛，若改为“春日雨霁”似更确切。



## 陈师道

陈师道(1053—1102)，字无己、履常，别号后山居士，彭城(今江苏徐州市)人。得到苏轼推荐，做过小官，一生贫困潦倒。作诗刻苦，常以被蒙头，闭门索句，追求“无字无来处”，因此不少诗往往流于生硬枯涩，间或也能写出真实凝练、自然流畅的好诗。有《后山先生集》。

## 十七日观潮[1]

漫漫平沙走白虹[2]，瑶台失手玉杯空[3]。
晴天摇动清江底，晚日浮沉急浪中[4]。

【注释】① 十七日：农历八月十七日。钱塘江潮水以农历十七、十八两天最为壮观。② 漫漫：广阔无边的样子。平沙：平坦的江边沙地。走：奔驰。白虹：喻潮头。③ 瑶台：传说中的群仙住处，即白玉台。全句是说，激荡澎湃的潮头浪花，好似神仙失手把玉杯中的浆液全部泼洒了下来。④ 三、四两句写晴空和晚日的倒影在潮水里浮沉动荡。

**【浅析】前两句写潮水来时的景况，想象十分新奇、豪迈。后两句从大处入手，真实生动地再现了狂潮激荡的江面景象，场面阔大，气势恢弘。**

# 张　耒

张耒（lěi，1054—1114），字文潜，号柯山，楚州（今江苏淮安市楚州区）人。家境贫穷，做官能关心民间疾苦。苏轼很赏识他，是“苏门四学士”之一。他的诗风格朴素自然，能反映劳动人民的生活和思想。有《柯山集》。

## 田　家

门外清流系野船[1]，白杨红槿短篱边[2]。
旱蝗千里秋田净[3]，野秫萧萧八月天[4]。

【注释】① 野船：被废弃不用的破旧船只。② 红槿：一种红色的落叶灌木。农家常把它种植在住宅周围，枝条可编结作篱笆。③ 秋田净：秋天的田野里不长庄稼，一片荒芜。④ 野秫(shú)：野高粱。萧萧：象声词，形容风吹野高粱秆叶时发出的声音。

【浅析】前两句描写农家住宅周围的萧疏、衰败景象；第三句是说由于严重的旱灾和蝗灾，使得千里看不见庄稼；末句展示了一幅空旷辽阔的图景：天地之间一片肃杀荒凉，唯有稀疏的野高粱秆儿在秋风中不停地颤动，发出令人揪心的萧萧声。诗人没有直说田家之贫、之苦，但诗中所展现的景象、所渲染的气氛，已足以使读者感觉到田家的日子已很难过得下去了。



## 晁补之

晁补之(1053—1110)，字无咎，号归来子，巨野(今山东巨野县)人。他自小聪明强记，善写诗文，受到苏轼赏识，是“苏门四学士”之一。中进士后做过礼部郎中、国史编修、知河中府等官。后辞官还家，筑“归来园”。有《鸡肋集》、《晁氏琴趣外篇》。

### 读蔺相如传[①]

蚩蚩六国共忧秦[②]，独有相如知不群[③]。
完璧东归何足道[④]，最贤能下怒将军[⑤]。

【注释】① 蔺相如传：指《史记·廉颇蔺相如列传》。蔺相如是战国时赵国的大臣。他奉命携带稀世珍宝和氏璧入秦，凭着机智和勇敢，终于完璧归赵，不辱使命，受到赵王重用。赵国大将廉颇认为他只是凭口舌立功，没真本事，很不服气，想折辱他。蔺相如从国家利益出发，甘愿回避，不与计较。廉颇受到感动，向他负荆请罪。② 蚩(chī)蚩：忙乱的样子。六国：指战国时韩、魏、赵、燕、齐、楚六国。③ 知：同“智”，智慧，识见。不群：不同一般，出类拔萃。④ 何足道：不值得一提。⑤ 能下：能屈居下位，容忍谦让。怒将军：发怒的将军，这里指廉颇。

【浅析】晁补之认为，蔺相如的非凡识见和勇敢精神固然值得称扬，但他不计个人荣辱得失，一心维护国家利益的博大胸怀更为宝贵。这个意见很有道理。中外历史上不乏这样一些人，他们在外敌面前不愧为英雄，但当内部发生矛盾时往往不能正确对待，而是逞个人意气，不顾全大局，最后给全局利益造成重大损失。

## 宗 泽

宗泽(1059—1128)，字汝霖，义乌(今浙江义乌市)人，元祐六年(1091)进士。曾任东京留守等职，屡败金兵，金兵惧怕地称他为“宗爷爷”。后因多次上书请求收复失地，为保守派所阻，忧愤成疾，临死前还三呼“过河”。有《宗忠简公集》。

### 早 发

伞幄垂垂马踏沙①，水长山远路多花。
眼中形势胸中策②，缓步徐行静不哗③。

【注释】① 伞幄(wò)：将军出行时的仪仗，有旗有伞。垂垂：伞穗和旗子下垂的样子。② 形势：山川地势。策：策略，谋略。③ 徐行:慢慢地行进。哗:喧哗。

【浅析】该诗描绘的是军队清晨出发的场景。首句写身边之事,“马踏沙”点明人马正在行进途中;次句写远望之景,用“水长山远”暗示征途遥远;第三句写自己边行军边观察边沉思用兵方略;尾句写行军队伍整齐静肃,表明是一支训练有素、纪律严明的部队。该诗语言、结构都很朴素平实,在从容不迫的叙述中表现了诗人的大将风度。

## 徐 俯



徐俯(1075—1141),字师川,自号东湖居士,洪州分宁(今江西修水县)人。当过京官、地方官。靖康中张邦昌被金朝立为楚帝,人皆避邦昌讳,他却将其婢取名“昌奴”。他是黄庭坚外甥,受黄影响颇深,列入江西诗派。有《东湖居士诗集》。

### 春游湖①

双飞燕子几时回,夹岸桃花蘸水开②。
春雨断桥人不度③,小舟撑出柳阴来④。

【注释】① 题一作《春日游湖上》。② 蘸(zhàn):沾一下。③ 度:走过去。④ 三、四句的意思是,雨后水涨,把桥淹没了,行人走不过去,只能坐船摆渡。

【浅析】春水陡涨,漫没了桥面,桃花贴着湖水盛开;一只小小的渡船从柳阴下撑出来,悠悠然驰向对岸。全诗画面新鲜,形象生动,富有情趣。只是燕子未能及时归来进入画面,使诗人感到遗憾。

## 王庭珪

王庭珪(guī,1079—1171),字民瞻,吉州安福(今江西安福县)人。政和八年(1118)进士及第。任茶陵丞时因与上司不合,辞官隐居卢溪。宋高宗绍兴年间,胡铨请斩奸臣秦桧,被贬谪,王庭珪作诗送行,因此获罪,被流放夜郎。秦桧死后,又出任国子主簿等职。有《卢溪集》。

### 郭仲质南窗①

东风吹月下长汀②,窗外鸡号天猝明③。
时有诸生来问字④,隔江犹听讲书声。

【注释】① 郭仲质:人名,具体情况不详。② 汀(tīng):水中或水边的平地。③ 鸡号:鸡高声啼鸣。猝(cù)明:突然发亮。④ 时有:时常有。诸生:诸位学生。

【浅析】诗的前两句展现师生清早勤读的背景:晨风吹拂,汀洲苍茫,夜月初下,金鸡报晓。后两句描写师生勤读的场景:学生有疑即问,先生朗声解答,响亮的讲书声越过江面,传向远方。在自然平实的叙述中,呈现出清新优雅之美。

## 李　纲

李纲(1083—1140),字伯纪,祖籍邵武(今福建邵武市),居无锡(今江苏无锡市),是宋朝的抗金英雄。1126 年,金兵围困东京(今河南开封市),他坚决主战,击退敌人。南宋时,曾担任宋高宗的宰相,反对议和,主张积蓄力量,收复失地。但在位七十日,就因奸臣进谗言而被罢免。有《梁溪集》等。

## 病　牛

耕犁千亩实千箱①，力尽筋疲谁复伤②？
但得众生皆得饱③，不辞羸病卧残阳④。

【注释】① 实：果实。箱：通“厢”，粮仓。② 谁复伤：又有谁来同情它呢。伤，悲伤。这里有哀怜、痛惜的意思。③ 众生：广大的民众百姓。④ 不辞：不推辞。羸（léi）病：瘦弱多病。残阳：夕阳。

【浅析】这是首咏物诗。前两句写耕牛得病的原因是由于耕犁不已、辛劳过度。同时，诗人为无人怜悯劳苦功高的病牛深感不平。后两句把病牛人格化，刻画出它崇高的思想境界：只要能使天下的老百姓都解决温饱问题，就是得不到人们的关心、爱护，独自病卧在夕阳之下也毫无怨言。这首诗是作者罢免宰相后作，他借咏“病牛”抒发怀抱，曲折地反映了他本人的复杂心情、艰难处境和博大胸襟。

# 赵　佶

赵佶（jí，1082—1135），即北宋皇帝宋徽宗。他有文才，擅长诗词书画，但在政治上十分昏庸、腐败，重用奸邪，大肆搜刮民脂民膏，激起方腊、宋江等农民起义。1125 年底，金兵入侵，形势危急，他传位给儿子赵桓，匆匆南逃。1127 年，汴京（今河南开封市）城破，他与钦宗赵桓及后妃、大臣被金兵所俘，押送至五国城（今黑龙江依兰县），被折磨而死。

## 在北题壁[1]

彻夜西风撼破扉[2]，萧条孤馆一灯微[3]。
家乡回首三千里，目断南天无雁飞[4]。

【注释】① 在北：在北方。② 彻夜：通夜，整夜。撼：摇动。破扉：破门。③ 孤馆：孤零零的馆舍。④ 目断：望断，极目远望。

【浅析】这首诗是作者被金兵押往北方途中所作，题写在驿站的墙壁上。前两句描写居处的凄清冷落，后两句抒发怀念故国的沉痛心情。古人有"雁足传书"的说法，所以末句实际上是说自己渴盼得到来自故国的消息，但总是希望成空。作者的国破家亡之恨，表现得相当真切、细腻。

# 李清照

李清照（1084—约1151），号易安居士，济南（今山东济南市）人，金石学家赵明诚之妻。早年生活优裕。金兵入据中原，流落到南方，生活凄苦。她能文、善画、工书法，尤以词闻名于世，诗留存不多。有《漱玉词》。

## 夏日绝句

生当作人杰[1]，死亦为鬼雄[2]。
至今思项羽，不肯过江东[3]。

【注释】① 人杰：人中的豪杰。② 鬼雄：鬼中的英雄。

③ 项羽不肯过江东的事，参看第 79 页杜牧《题乌江亭》诗的注释。

【浅析】南宋时期，当时宋朝北部的大片领土沦于金兵之手。以宋高宗赵构为首的统治集团偏安江南，不肯北上抗敌，收复失地。李清照对此深为不满，她的“思项羽”，实际上是借古讽今，讽刺南宋政府不知羞耻，没有骨气。

## 题八咏楼①

千古风流八咏楼，江山留与后人愁②。

水通南国三千里③，气压江城十四州④。



【注释】① 八咏楼：在婺（wù）州（今浙江金华市）城西南，是著名的观赏胜地。本名元畅楼，南朝齐时著名文人沈约曾于此游玩，作《八咏》诗，后人遂更名为八咏楼。② 后人：此处指诗人自已以及和她有同样情怀的南宋爱国人士。③ 南国：南方。这句形容八咏楼下的水路四通八达。④ 十四州：宋时婺州属两浙路，两浙路共管辖二府十二州，故合称十四州。

【浅析】这首诗写于宋高宗绍兴五年（1135），当时李清照 51 岁，流寓金华。首句以“千古风流”形容八咏楼，赞美了它的悠久历史和优美景致。次句急转，是说“后人”至此，看到如此美好江山，只能触动无限哀愁。之所以会这样，是因为诗人想到了宋朝江山已支离破碎。后两句转为写景，对仗工整，表现了八咏楼的雄伟壮丽和非凡气势。一个“压”字，尤能见出诗人炼字的匠心。从结构上看，前两句为抒怀，后两句为写景，与通常七言绝句“先景后情”的写法不同。

## 陈与义

陈与义(1090—1139),字去非,号简斋,洛阳(今河南洛阳市)人。政和三年(1113)中进士,在北宋末、南宋初都做过官,是南北宋之交的著名诗人。北宋灭亡之后,他目睹亡国惨象,又经历了辗转流亡的艰苦生活,诗风更倾向于杜甫。有《简斋集》。

### 襄邑道中[①]

飞花两岸照船红[②],百里榆堤半日风[③]。
卧看满天云不动,不知云与我俱东[④]。

**【注释】**① 襄邑:宋代地名,即今河南睢县。② 飞花:人在行进的船中,看两岸花木急速向后移动,如同飞驰一般。③ 榆堤:长着榆树的堤岸。这句的意思是,船儿在长堤榆树间乘风疾驶,半天已前进了百里。④ 俱东:一起向东而行。

**【浅析】**人在运动着的船里观看岸上静止的花木,感到它在迅速地倒退;观看天上与船作同一方向、同一速度运动的白云,却一点也不觉得它在移动。这首诗写出了诗人乘舟时的实际感受,启示人们要确立"相对论"观点,不要静止地、孤立地看问题。

## 岳　飞

岳飞(1103—1142),字鹏举,汤阴(今河南安阳市汤阴县)人。抗金名将。他从军后作战勇敢,爱护百姓。他所统率的岳家军屡挫金兵,金人惊叹"撼山易,撼岳家军难"。1142年,在宋高宗赵构的默许下,被奸臣秦桧以"谋反罪"谋害,年仅39岁。诗词留存很少,但很有英雄气概。

## 题青泥市寺壁①

雄气堂堂贯斗牛②，誓将贞节报君仇③。
斩除顽恶还车驾④，不问登坛万户侯⑤。

【注释】① 青泥市：在今江西新干县境内。② 堂堂：形容正直无私，光明磊落。斗牛：斗星和牛星。这句是说，自己抗击金兵的雄心壮志，足以直冲云天，贯穿星斗。③ 贞节：坚贞不屈的气节。报君仇：为国君报仇。④ 顽恶：指金兵统帅。还车驾：让被金人掳去的宋徽宗、宋钦宗返回。车驾，本指皇帝的车马，后作为皇帝的代称。⑤ 这句是说，不考虑登坛拜将、受赏封侯之类的事情。

【浅析】1133年，岳飞率军途经青泥市，在寺壁上题写了这首诗。此诗不假雕琢，直吐心声，十分强烈地表达了忠君报国的愿望和不计个人名利的高尚情操。封建时代的士大夫，往往把忠君与报国联在一起，岳飞也不例外。这是时代的局限。

## 杨万里

杨万里（1127—1206），字廷秀，号诚斋，吉州吉水（今江西吉安市吉水县）人。绍兴二十四年（1154）进士，先后在地方、中央政府做过官。他政治上主张抗金，做官能体察民情。一生作诗2万多首，今存4000多首。他的诗歌大量吸收民间语言，通俗浅近，清新活泼，个性特征鲜明，时称诚斋体。与尤袤、范成大、陆游并称为南宋四大家。有《诚斋集》。

## 过松源，晨炊漆公店[1]

莫言下岭便无难，赚得行人错喜欢[2]。
正入万山圈子里，一山放出一山拦[3]。

【注释】① 松源：地名，在今皖南山区。漆公店：地名，亦在今皖南山区。本题共有6首。② 赚(zhuàn)：诳骗。③ 这句用拟人手法，是说“一山”似乎有情，“放出”行人；另“一山”却很不客气，又来拦截行人，不让他出山。

【浅析】人们对看得见的眼前困难往往比较重视，有足够的思想准备，而对克服这个困难后又可能出现的新困难则常常会感到出乎意料，以至手足无措。这首诗借下岭事告诫人们：在人生道路上，对困难要有长期的思想准备。

## 观　蚁

偶尔相逢细问途[1]，不知何事数迁居[2]？
微躯所馔能多少[3]？一猎归来满后车[4]。

【注释】① 细问途：细细询问蚂蚁要去哪儿。② 数(shuò)：屡次，频繁。③ 微躯：指蚂蚁。所馔(zhuàn)：要吃的食物。馔，这里作动词用，意为“吃”。④ 一猎：指蚂蚁一次觅食。后车：古代王公贵族出行时后面跟随的车辆，又名副车。这里比喻蚂蚁觅到食物后在身后拖着走。

【浅析】这首诗的主要特点有三：一是题材新颖，视角独特；二是观察细致，摹写生动；三是联想巧妙，托物讽世。后两句质疑蚂蚁贪欲无穷，实是讽刺上层统治者的欲壑难填。“后车”一词，是我们理解诗旨的关键词。

## 晓出净慈送林子方①

毕竟西湖六月中，风光不与四时同②。
接天莲叶无穷碧③，映日荷花别样红④。

【注释】① 净慈：即净慈寺，在杭州西湖南面的南屏山脚下。林子方：作者的友人。② 四时：指春、夏、秋、冬四个季节。这句的意思是，西湖风光以夏天为最好。③ 莲叶：即荷叶。荷花的果实叫莲(莲子)，后多与荷混用。无穷碧：形容满湖碧绿的荷叶漫无边际。这句的意思是，湖面上的碧绿荷叶密密麻麻，一直延伸开去，与天相连接。④ 别样：与众不同的，特别的。

【浅析】杨万里在杭州为官多年，西湖风景是他非常熟悉的。他认为夏天的西湖上有辉耀的丽日，下有满湖绿叶衬托下的红花，两相映照，足称美景之最。这个看法自有他的道理，不过由于各人的审美眼光不同，结论也会有差异，如同样在杭州为官数年、喜爱西湖的苏轼就说“水光潋滟晴方好，山色空蒙雨亦奇”，强调无论晴雨，西湖都是美的。

## 稚子弄冰①

稚子金盆脱晓冰②，彩丝穿取当银钲③。
敲成玉磬穿林响④，忽作玻璃碎地声⑤。

【注释】① 稚子:小孩子。弄:玩。② 金盆:铜盆。这句的意思是,经过一夜严寒,铜盆里的水已冻成一整块,小孩早晨起来就把冰块弄脱下来。③ 钲(zhēng):古代乐器名,类似于锣。④ 磬(qìng):古代的一种打击乐器,用石或玉雕成,悬挂于架上,敲击而鸣。穿林响:响声穿越树林,形容声音很大。⑤ 玻璃:一作“颇黎”,在古代是一种天然玉石的名称,也叫水玉,不是现代的人造玻璃。

【浅析】这首诗用白描手法写儿童颇有戏剧性的游戏活动:一早起来,他从铜盆里取下圆圆的大冰块,然后用丝线穿心而过,把它当银钲敲击,发出很响的类似于敲击石磬的脆亮声音。正当他玩得高兴时,随着一声玻璃碎裂般的声响,碎冰块撒落了一地。全诗只是用纯客观的笔墨叙写“稚子弄冰”的过程,但稚子的聪明顽皮、天真可爱毕现纸上,而诗人对稚子的喜爱之情也隐约可见。

## 小 池

泉眼无声惜细流①,树阴照水爱晴柔②。
小荷才露尖尖角,早有蜻蜓立上头③。

【注释】① 泉眼:泉的出水口。惜:爱惜。② 这句的意思是,小池边上,树的阴影倒映在水里,似乎它很喜欢接近阳光下柔和的水波。③ 小荷:初生的荷叶。尖尖角:小荷的形状尖尖的,像个犄(jī)角。

【浅析】这首诗用细腻生动、活泼灵巧的笔调,勾勒了一幅优美的晚春荷塘景色图:泉眼珍惜泉水,不让它畅流;树阴喜爱水波，所以把倒影投射下去；蜻蜓特别欣赏荷叶，当荷叶还是“尖尖角”的时候，就飞上去亲近它了。全诗洋溢着盎然的情趣，也反映了诗人热爱自然、悠然闲适的心态。

## 读诗

船中活计只诗编[①]，读了唐诗读半山[②]。
不是老夫朝不食[③]，半山绝句当朝餐[④]。

【注释】① 活计：干的活儿，做的事情。诗编：诗集。编，古代的书最初写在竹简或木简上，然后用皮条或绳子把它们穿编在一起，所以称一部(册)书为一编书。② 半山：指北宋文学家王安石。他字介甫，号半山。③ 老夫：作者自称。朝(zhāo)不食：早晨不吃东西。④ 绝句：一种诗体的名称。一首绝句共有四句，每句五个字的叫五言绝句(五绝)，七个字的叫七言绝句(七绝)，六个字的叫六言绝句(六绝)。六言绝句较少见。朝(zhāo)餐：早饭。

【浅析】这首诗写作者在坐船航行时沉浸于读诗中的情形。“读了唐诗读半山”，可见他的阅读面广，阅读量大。最后两句，是说以读诗代替吃早饭，说明他读诗的兴趣极浓，已到了“忘食”的地步。从这首诗可以看出，杨万里之所以能成为南宋杰出的诗人，与他肯下苦功、向前人学习是分不开的。

# 陆　游

陆游(1125—1210)，字务观，号放翁，越州山阴(今浙江绍兴市)人。

孝宗初赐进士出身，做过地方、中央政府的官。他以身许国，直接投身军旅，参与抗金大业。虽屡遭挫折，而矢志不渝，终生保持着昂扬的爱国热情。陆游诗歌现存有9300多首。他的诗抒发御敌报国的豪情，倾诉壮志难酬的悲愤，慷慨激昂，沉雄悲壮，唱出了时代的强音。另有一些闲适小诗，也能“咀嚼出日常生活的深永的滋味，熨贴出当前景物的曲折的情状”（钱钟书语）。有《剑南诗稿》。

## 冬夜读书示子聿①

古人学问无遗力②，少壮功夫老始成③。
纸上得来终觉浅，绝知此事要躬行④。

【注释】① 示子聿（yù）：给子聿看。子聿是陆游的小儿子。② 学问：做学问。无遗力，不遗余力。③ 功夫：下功夫。始：才。④ 绝：全，尽。躬行：亲自实践。

【浅析】这首小诗言简意赅，总结了读书做学问的两条基本经验：一是做学问需要全身心地投入，只有通过长期的坚忍不拔的努力才能学有所成；二是读书要理论联系实际，不光要学好书面知识，更要注重社会实践。这两条基本经验，在今天仍有指导意义。

## 读　书

归老宁无五亩园①，读书本意在元元②。
灯前目力虽非昔，犹课蝇头二万言③。

【注释】① 归老：辞官回乡养老。宁：岂，难道。② 元元：老百姓。③ 课：旧时按规定的内容教授或学习。作者在此句下自注:“时方读小本《通鉴》。”蝇头:指小字。

【浅析】这是首抒怀诗。大意是,退休后当然有田园可以耕种、消遣,但也不能少读书。因为读书的根本目的是为了老百姓的利益。现在虽然年老体弱,视力大不如前,但每天仍然坚持阅读《资治通鉴》两万字。诗人鲜明的学习目的,顽强的学习精神,值得后人学习。

## 塞上曲

老矣犹思万里行①,翩然上马始身轻②。
玉关去路心如铁③,把酒何妨听《渭城》④。

【注释】① 万里行:指远赴边塞。这句是说,虽然现在已经老了,但还想着赴边杀敌。② 翩然:轻快迅速的样子。始:才。③ 玉关:玉门关,在今甘肃敦煌西北,这里是代指边塞。心如铁:心坚如铁,毫不犹豫。这句是说,前往边关尽管路途遥远,但内心意志十分坚决。④ 把酒:端起酒杯。《渭城》:即《渭城曲》,王维送别诗《送元二使安西》又名《渭城曲》,表达惜别的情意,后被谱曲,成为唐宋时著名的送别歌曲。

【浅析】这是首抒情遣怀诗。诗人尽管年老居家,念念不忘的仍是赶赴边塞,奋勇杀敌。首句正面抒怀,后三句写想象中的情景:假如得到守边的命令,自己一定能够一改平时的衰老之态,飞身上马,义无反顾地疾驰而去。在与友人分别时也绝不会悲切留恋,而是坦然地饮酒、听歌。王维《渭城曲》后两句说:“劝君更尽一杯酒,西出阳关无故人。”有伤感、悲凉意味，陆游却说“把酒何妨听《渭城》”，乐观的态度中显现出他不畏艰辛、不怕牺牲的爱国情怀。

## 十一月四日风雨大作

僵卧孤村不自哀①，尚思为国戍轮台②。
夜阑卧听风吹雨③，铁马冰河入梦来④。

【注释】① 僵卧：直挺挺地躺着。自哀：为自己悲哀。② 戍(shù)：防守。轮台：在新疆，汉代曾在轮台屯兵，这里代指边防前线。③ 夜阑：夜深。④ 铁马：披着铁甲的战马。冰河：边疆冰冻的河流。

【浅析】陆游作这诗时已68岁，可是在孤村深夜风雨中，并不因为自己年高衰老而感到悲哀。即使在梦中，梦见的还是自己跨战马过冰河为国戍边。从中可见其爱国情绪之高昂。

## 示　儿①

死去原知万事空，但悲不见九州同②。
王师北定中原日③，家祭无忘告乃翁④。

【注释】① 示儿：给儿子看。陆游有6个儿子，他死时长子已63岁。② 但：只。九州同：指全国统一。古代中国分为九个州。③ 王师：指宋朝军队。中原：指淮河以北沦陷在金人手中的地区。④ 家祭：家中对先人的祭祀。乃翁：你的父亲。

【浅析】这是陆游的绝笔诗，时年85岁。临死之前，他心中念念不忘的不是个人私事，而是恢复中原，统一祖国。他深信统一之日总会到来，只可惜自己不能看到，所以叮嘱儿子们在以后家祭时不要忘记告诉他的在天之灵。陆游至死不渝的爱国热情于此充分表现出来。

## 范成大

范成大（1126—1193），字致能，号石湖居士，吴县（今江苏苏州市）人。高宗绍兴时期中进士，曾官至参知政事（副宰相）。出使金国时，他不畏强暴，几乎被杀。晚年退居故乡石湖，以擅写田园诗著称，与尤袤、杨万里、陆游并称南宋四大家。有《石湖居士诗集》、《石湖词》等。



### 四时田园杂兴（土膏欲动）①

土膏欲动雨频催②，万草千花一晌开③。
舍后荒畦犹绿秀④，邻家鞭笋过墙来⑤。

【注释】① 四时：指春、夏、秋、冬四季。杂兴：事先没有准备，因偶然的触发而写成的诗。范成大晚年在石湖养病，在1186年一年内写成60首绝句，总题为《四时田园杂兴》，这是其中的一首。② 土膏：滋润的泥土。欲动：将要松动。雨频催：雨下得很频繁，像是在催促庄稼快快生长。③ 一晌（shǎng）：一会儿。④ 舍：屋舍。荒畦（qí）：荒废的田园。畦，分隔开的一块块田地。犹：尚且，还。⑤ 鞭笋：竹根上生的新芽。竹根屈曲细长，形状与鞭相似。

【浅析】这首诗写早春的田园景色。大地回春，泥土解冻，加上潇潇春雨频繁不断，似乎在催促万物迅速生长，田园里呈现出一派欣欣向荣景象。全诗四句，前后安排很妥帖。首句交代原因，以下三句分别描绘田园的大景、中景、小景。尤其是结尾一句，反映了诗人对事物的观察十分仔细。

## 四时田园杂兴（昼出耘田）

昼出耘田夜绩麻①，村庄儿女各当家②。
童孙未解供耕织③，也傍桑阴学种瓜④。

【注释】① 耘田：除去田中的杂草。绩麻：搓纺麻线。② 儿女：此指成年男女。各当家：各自承担家庭职责。③ 未解：不懂得。供耕织：靠耕织来供给日常生活所需。④ 桑阴：桑树荫下。

【浅析】这首诗写夏日农家的忙碌生活：不仅成人起早摸黑地努力干活，就连年幼无知的孩童也学着大人的样子在桑树荫下种瓜。虽然只是用客观笔法写出农家常见的劳动、生活场景，但读者不难感知诗人对辛勤劳动者的赞美，对天真活泼的孩童们的喜爱。

## 四时田园杂兴（采菱辛苦）

采菱辛苦废犁锄①，血指流丹鬼质枯②。
无力买田聊种水③，近来湖面亦收租。

【注释】① 菱：一年生水生植物，果实有硬壳，壳上有角，肉可食。废犁锄：因失去土地，犁锄废弃不用。② 这句的意思是，由于整天采菱，手指被菱角刺破，渗出丹红的鲜血，人也枯瘦得不成样子，像鬼似的。③ 聊：姑且，暂且。种水：在水面上种菱。

【浅析】农民身受封建地主阶级繁重的租税剥削，赖以生存的土地已被兼并。为了寻条活路，他们只得另动脑筋去湖里种菱，哪里想到种菱也要缴纳租税。无孔不入的残酷盘剥，简直让农民活不下去。诗人在平淡的叙述里饱含着同情的泪水，也蕴含着对剥削者的愤怒谴责。

## 咏河市歌者①



岂是从容唱《渭城》②，个中当有不平鸣③。
可怜日晏忍饥面④，强作春深求友声⑤。

【注释】① 河市：临河的集市。歌者：卖唱人。②《渭城》：即《渭城曲》，王维作。唐宋时期十分流行的送别歌曲，这是借指卖唱人所唱的歌曲。这句是说，卖唱人哪里是在很轻松、悠闲地唱歌呢。③ 个中：其中。当有：必定有。④ 日晏：天晚。忍饥面：指歌者挨饿的脸色。⑤ 强：勉强。春深：浓春。求友声：用《诗经·伐木》“嘤其鸣矣，求其友声”的典故。原意是：春天黄莺鸣叫不停，是为了寻求伴侣。这句的意思是，卖唱人是出于无奈才勉强唱出美妙动听的歌声啊。

【浅析】傍晚时分，诗人路过河市，听到卖唱人的歌声，总觉得歌声中蕴含着不平之气，便仔细端详他的面容表情，果然发现有饥饿之色、悲伤之情，于是写下这首诗，表达对卖唱人的深切同情。“岂是”、“可怜”二词，对凸现诗人的情感态度有十分重要的作用。

## 朱 熹

朱熹(1130—1200),字元晦,婺源(今江西婺源县)人。18岁登进士第,做官50年,但一生以讲学为主,著述甚丰,是南宋著名理学(道学)家。在理学家中最富于文学修养。他的不少诗寓物说理,清新活泼。有《朱文公文集》。

### 观书有感二首

半亩方塘一鉴开①,天光云影共徘徊②。
问渠那得清如许③,为有源头活水来④。

昨夜江边春水生,蒙冲巨舰一毛轻⑤。
向来枉费推移力⑥,此日中流自在行⑦。

【注释】① 一鉴开:像打开了一面镜子,形容池水平静如镜。鉴,镜子。② 徘徊(pái huái):来回移动。这句说,天色、云影一齐映在平静的方塘里,来回移动。③ 渠:它,指方塘。那得:怎么会。清如许:这样的清。如许,如此。④ 为:因为。⑤ 蒙冲:亦作艨艟,古代战船名。巨舰:巨大的战船。⑥ 向来:从前。枉:白白地。⑦ 中流:水流的中央。自在行:自由地随心所欲地航行。

【浅析】两首诗写的都是自然现象,而实际谈的却是读书治学之道。第一首可能是赞美读的书好,以及回答书之所以好的原因;或者可能是读书读得豁然开朗,一片光明之后,在思考总结之所以如此的原因。第二首是说读书要循序渐进,在渐进中不断增长见识。初学时苦苦探究的问题，到书读到一定程度时自然会迎刃而解。

## 春日

胜日寻芳泗水滨①，无边光景一时新②。
等闲识得东风面③，万紫千红总是春。

【注释】① 胜日：此指春光明媚的日子。胜，美好。寻芳：觅找美景。芳，芳草。泗水：河名，在山东省中部。孔子曾居洙、泗间教授弟子。② 光景：风光景物。一时新：焕然一新。③ 等闲：随便。这句的意思是，人们不用费心去找，到处都能见到东风（喻指春天）美好的面貌。

【浅析】这首诗把春天东风拂面、百花齐放、万紫千红的景象刻画得栩栩如生，如在目前。尤其是最后一句，已成为后人广泛引用的千古妙语。在朱熹生活的南宋时期，"泗水滨"已沦入金人之手，他不可能去那儿"寻芳"。所以，这是一首借景说理的作品。"寻芳泗水滨"，暗指寻求孔子之道。后三句用的是暗喻手法，表现出他对博大精深的孔子之道的赞叹和自己求道有得的喜悦心情。

## 张栻

张栻（shì，1133—1180），字敬夫，号南轩。绵竹（今四川绵竹市）人。父张浚，高宗时抗金名将。张栻官至吏部侍郎、右文殿修撰，也是南宋著名理学家之一。其诗清雅平淡，蕴含深微。有《南轩集》。

## 立春偶成[1]

律回岁晚冰霜少[2]，春到人间草木知。
便觉眼前生意满[3]，东风吹水绿参差[4]。

【注释】① 立春：二十四节气之一，在2月3日至5日中的一天。我国以立春为春季的开始。偶成：不经意写成。② 律回：是说月令节气的循环已经轮转一年，新年的春季已开始。但这一年的立春在旧年的十二月，所以说“岁晚”。律，指律历，古人以十二乐律与十二月令相配，同时循环轮转。③ 生意：富有生命力的气象。④ 绿参差（cēn cī）：形容水波泛出绿盈盈的光彩。

【浅析】这首诗的主题是赞美早春。诗人从眼前的冰霜融减、草木苏醒、东风轻拂、绿波荡漾等景象，感受到浓浓的春意。“春到人间草木知”一句可以和苏东坡名句“春江水暖鸭先知”（《惠崇春江晓景》）、韩愈名句“草色遥看近却无”（《早春呈水部张十八员外》）相媲美。

# 虞似良

虞似良（生卒年不详），字仲房，横溪（今浙江横溪村）人。著名书法家。做过官。他的田园诗意境优美，语言清新流畅，富有韵味。有《篆隶韵书》。

## 横溪堂春晓[1]

一把青秧趁手青[2]，轻烟漠漠雨冥冥[3]。
东风染尽三千顷[4]，白鹭飞来无处停[5]。

【注释】① 横溪堂：诗人住宅的堂号，旧址在今浙江天台山附近。春晓：春天的早晨。② 趁手青：（秧苗）随手插下去，水田变成青青一片。趁手，随手。③ 轻烟：淡淡的水汽。漠漠：弥漫无边的样子。冥冥：阴暗的样子。江南一带插秧时，正是黄梅雨季。④ 染：东风把秧苗吹绿，好像用绿色染过。⑤ 白鹭：水鸟名。羽毛白色，腿细长，能涉水捕鱼虾。

【浅析】这首诗描写江南一带插秧季节的田间情景，热情歌颂了农民的辛勤劳动。前两句写眼前农夫插秧的实景，后两句想象秧苗将在温煦东风的吹拂下茁壮成长，以至于白鹭在水田无法落足。实景与虚景之间的衔接十分自然。



## 华 岳

华岳（生卒年不详），公元1225年前后在世。字子西，别号翠微，贵池（今安徽池州市贵池区）人。他在做武学生时，曾上书请杀权臣韩侂胄（tuō zhòu）等，结果自己被关进监狱，韩死后才出狱。考武科获第一。后又图谋除去奸相史弥远，被处死。他的诗气势豪放。有《翠微南征录》。

### 田 家

拂晓呼儿去采樵①，祝妻早办午炊烧②。
日斜枵腹归家看③，尚有生枝炙未焦④。

【注释】① 采樵：砍柴。② 祝：通“嘱”，嘱咐。③ 枵（xiāo）腹：空着肚子，饥饿不堪的样子。④ 生枝：刚折下的湿树枝。炙（zhì）：烤。

【浅析】这个农民早晨外出干活时，已考虑到家中缺乏柴火，吩咐妻子早些动手作准备。然而他在黄昏饥肠辘辘回家时，妻子因砍柴不易，新柴潮湿难烧，饭仍然没有做好。诗人通过这个细节描写，反映了农民的生活已陷入极度困境。

## 赵师秀

赵师秀（1170—1220），字紫芝，号灵秀，永嘉（今浙江温州市）人。绍熙元年（1190）进士。能诗，以唐代诗人贾岛、姚合为师，刻意雕琢。诗风清寒纤弱，平淡简远，有野逸之趣，是“永嘉四灵”中成就最高的诗人。有《清苑斋集》。

### 约　客①

黄梅时节家家雨②，青草池塘处处蛙。
有约不来过夜半，闲敲棋子落灯花③。

【注释】① 约客：约朋友前来做客。② 黄梅时节：春末夏初梅子黄熟的一段时期。这一时期我国长江中下游地方连续下雨。家家雨：到处都下雨。③ 灯花：油灯芯燃烧时结成的花状物。

【浅析】前两句为名词性对仗句，写出了黄梅时节江南乡村的典型场景。此时如有客来访，正所谓是“风雨故人来”，必能给主人带来欣悦。然而客人并未如约而至，这未免让主人失望。末句写主人百无聊赖地在棋盘上敲击棋子，正可看出他焦灼不安和苦苦等待的心情。该诗表现生活中的一件小事，却写得波澜起伏，给读者留下了回味空间。

## 杜耒

杜耒（？—1225），字子野，号小山，盱江（今江西抚州市）人。曾为官僚幕客，后死于乱军之中。与“永嘉四灵”中的赵师秀有交往。存诗仅数首。

### 寒夜

寒夜客来茶当酒，竹炉汤沸火初红①。
寻常一样窗前月②，才有梅花便不同③。

【注释】① 竹炉：一种火炉，内圈为粘土，外壳用竹子编成。② 寻常：平常。③ 才有：刚有。

【浅析】这是一首友情的赞歌。寒夜寂寞，有友人来访，自然喜出望外。尽管生活窘困，无美酒佳肴招待，但以茶当酒，同样体现出主人的热情。次句写煮茶时“汤沸”、“火红”，渲染了友人来访后的热烈氛围。后两句转写窗前的明月、梅花，似是闲笔，其实有暗喻之意：寒夜客来，一似月下梅开，感受顿时不同。也就是说，客人的光临，使主人心头充满了惊喜和欣悦。这种不露痕迹的写作手法，阅读时要细心体会。

## 姜夔

姜夔（kuí，1155—1221），字尧章，鄱阳（今江西鄱阳县）人。曾隐居吴兴白石洞，因自号白石道人。终身布衣。精通音律，其词格律严谨，饶有情韵，有很高的艺术成就。诗歌清妙精致，自然流畅。有《白石道人诗集》。

## 除夜自石湖归苕溪[1]

细草穿沙雪半消，吴宫烟冷水迢迢[2]。
梅花竹里无人见，一夜吹香过石桥。

【注释】① 除夜：除夕夜。石湖：在今江苏苏州市西南。苕（tiáo）溪：浙江湖州市的别名，因境内有苕溪得名。作者在公元1191年除夕晚上，从石湖范成大的别墅乘船回到湖州家里，沿途时有感触，写下绝句10首，这是其中的第一首。② 吴宫：苏州春秋时期吴国王宫遗迹。水迢迢：水路遥远的样子。

【浅析】这首诗的大意是，积雪融化了一半，小草也从沙地里露出头来。船过吴宫遗址，那里一片寒烟荒草，只见河水向着远方流去。竹丛里开着梅花，可惜无人看见。航船却在一夜不断的幽香里穿过座座石桥。诗中有事、有景、有情，内涵丰富，尤其是最后一句，境界幽美，韵味深长。

## 翁　卷

翁卷（生卒年不详），公元1243年前后在世。字续古，一字灵舒，永嘉（今浙江温州市）人。他一生没有做过官。诗歌风格以清苦为主。与徐照、徐玑、赵师秀并称“永嘉四灵”（这四人都是永嘉人，字或号里都有个“灵”字）。有《苇碧轩诗集》。

### 山　雨

一夜满林星月白[1]，亦无云气亦无雷。
平明忽见溪流急[2]，知是他山落雨来。

【注释】① 一夜：整夜。② 平明：拂晓。

【浅析】这首诗写“此山”一夜星月交辉，无云无雷，天气晴朗，然而天明时却看到有溪水奔泻溅急，像是刚下过大雨似的。诗人细悟一番，明白这是因为“他山”下雨后，雨水宛转流到此山所致。它揭示了“世界上的许多事物都是互相联系着的”哲学道理，启示人们分析问题要善于从各个层面、各个角度去把握。

## 利　登

利登（生卒年不详），字履道，号碧涧，金川（今属四川）人。生活在宋理宗宝庆（1225—1227）前后一段时期。晚年才进士及第。他是江湖派诗人。有《骳稿》。



### 田家即事[1]

小雨初晴岁事新[2]，一犁江上趁初春。
豆畦种罢无人守[3]，缚得黄茅更似人[4]。

【注释】① 即事：就眼前所见之事写诗。② 岁事：一岁（年）的农事。③ 豆畦：种植豆类植物的田块。④ 这句是说，农夫缚扎茅草人插在田头，用来吓走啄食的鸟雀。

【浅析】初春时分小雨放晴，正是耕地、播种的好时机。这首诗很具体地写了农夫在雨后抓紧时间在江边犁地、种豆，然后再去干别的农活。最后一句“缚得黄茅更似人”，使我们想起农村田头常见的稻草人头戴草帽、手捏蒲扇随风晃动的镜头，别具一番情趣。

## 林　升

林升，生平不详。《宋诗纪事》说他是宋孝宗淳熙（1174—1189）时临安士人。

### 题临安邸[1]

山外青山楼外楼，西湖歌舞几时休[2]？
暖风熏得游人醉，直把杭州作汴州[3]！

**【注释】**① 临安：今浙江杭州市。当时南宋的京城。邸（dǐ）：旅店。② 休：停止，罢休。③ 直：简直。汴（biàn）州：今河南开封市，北宋的京城。

**【浅析】**这首诗讽刺南宋统治者面对外族入侵者，不思收复失地，而是偏安江南，沉溺于荒淫腐朽的生活。结句暗寓主旨，发人深省：不能把杭州当成汴州！想当初汴京沦陷之前，统治阶级也是这样花天酒地的。如果朝廷不图进取，那么，杭州的沦陷也不可避免。

## 志　南

志南，南宋初期诗僧，生平事迹不详。

### 绝　句

古木阴中系短篷[1]，杖藜扶我过桥东[2]。
沾衣欲湿杏花雨[3]，吹面不寒杨柳风[4]。

【注释】① 短篷:此指小船。② 藜:植物名,其茎干可作拐杖。这句的意思是,我(即诗人)拄着拐杖,朝东走过桥去。③ 杏花雨:杏花开放时的细雨。杏花在农历二月开放。④ 杨柳风:杨柳泛青抽条时的微风。

【浅析】这是一首春游即景诗。首句写系舟上岸,次句写拄杖过桥。不说"我拄藜杖"而说"杖藜扶我",化无情为有情,笔致俏皮、风趣。后两句把初春江南的气候特征准确、细腻地描绘了出来,同时在写景中融入诗人的主观感受,景中有人,意味悠长,成为描绘江南春景的典型佳联。



## 悟道诗[1]

某 尼

尽日寻春不见春,芒鞋踏遍陇头云[2]。
归来笑拈梅花嗅,春在枝头已十分。

【注释】① 悟道:领悟到某种道理。此诗出自宋代罗大经《鹤林玉露》。② 芒鞋:草鞋。陇头云:被云烟笼罩着的村野田间。陇,通"垄",田塍。

【浅析】这首诗写尼姑外出寻春,走遍各地,四处搜觅,却不见春的踪影;回家后发现枝头梅花已经怒放,醒悟到春就在自己身边。此诗的本意,是要说明"道不远人"("道"离开人不远,就在人身旁),但它也易使人们联想到"踏破铁鞋无觅处,得来全不费工夫"的俗谚。世界上有些事情往往就是这样奇妙。

## 戴复古

戴复古(1167—1250),字式之,黄岩(今浙江台州黄岩区)人,一辈子没有做官。他是江湖派著名诗人,诗中对朝政国事多有指摘。有《石屏诗集》。

### 淮村兵后①

小桃无主自开花②,烟草茫茫带晚鸦③。
几处败垣围故井④,向来一一是人家⑤。

【注释】① 淮村:淮河两岸的村庄。兵后:战后。南宋时,金兵曾一再侵占淮河地区,给那里造成严重的破坏。② 无主:没有主人。意为主人已逃走或死亡。③ 烟草:荒草上漂浮着雾气。茫茫:广阔迷蒙的样子。④ 败垣(yuán):破墙。故井:废井。④ 向来:从前。一一:处处。

【浅析】诗人选择富有特征性的景物,渲染出淮河两岸农村战后的荒凉情形。"小桃无主"见寂寞,"烟草"、"晚鸦"示凄凉,"败垣"、"故井"更显悲惨。诗中饱含了对人民的深情,对金兵的仇恨。

## 乐雷发

乐雷发(生卒年不详),字声远,舂陵(今湖南宁远县)人,累试不第。弟子姚勉登科后上疏让第给他。皇帝下诏亲试,赐特科第一。诗歌风格劲健。有《雪矶丛稿》。

## 秋日行村路

儿童篱落带斜阳，豆荚姜芽社肉香[①]。
一路稻花谁是主？红蜻蛉伴绿螳螂[②]。

【注释】① 社肉：祭土地神的肉。社，社日。古代农村春、秋祭祀土地神的日子。② 蜻蛉：飞虫名，六足四翅，形似蜻蜓，喜食蚊虻，有青、赤、黄三种，红蜻蛉最小。螳螂：昆虫名。

【浅析】这是一幅生动的秋日黄昏田园图。丰收在望，儿童在篱落一带嬉戏，成人在举杯畅饮，一派欢乐气氛。后两句动物、静物相映成趣，色彩对照，明丽悦目，令人神往。

# 吴惟信

吴惟信（生卒年不详），字仲孚，公元1250年前后在世。湖州（今浙江湖州市）人。南宋末年有诗名。有《菊潭诗集》。

## 苏堤清明即事[①]

梨花风起正清明[②]，游子寻春半出城[③]。
日暮笙歌收拾去[④]，万株杨柳属流莺[⑤]。

【注释】① 苏堤：在今浙江杭州西湖，苏轼任杭州太守时所筑，堤岸夹道种柳，风景优美。即事：就眼前的事写诗。② 梨花风：即春风。梨树暮春开花。③ 游子：此指游客。④ 笙歌：此指乐器演奏者和歌唱者。去：离开。⑤ 流莺：飞来飞去的黄莺。

【浅析】西湖苏堤的白天景致优美，因此“游子寻春半出城”。到了黄昏，游人散去，笙歌消歇，耳畔只听见万株杨柳上的莺鸣声连成一片，也别有一番情趣。这首诗形象地写出了西湖苏堤的特征：白天，这里是游人的世界；傍晚，则成为莺鸟的天地。

## 叶绍翁

叶绍翁(生卒年不详)，公元1224年前后在世。字嗣宗，号靖逸，龙泉(今浙江龙泉市)人。诗多写田园风光，清丽秀雅。有《靖逸小集》等。

### 游园不值①

应怜屐齿印苍苔②，小扣柴扉久不开③。
春色满园关不住，一枝红杏出墙来。

【注释】① 不值：不遇，没有遇见主人。② 怜：爱惜。屐(jī)齿：木制鞋底上的两道高齿。古人穿木屐用来防滑。这句的意思是，园主该是怜爱园中芳草地，怕客人来了踩出屐齿印痕，所以闭门谢客。③ 小扣：轻敲。柴扉：柴门。

【浅析】前两句实写“游园不值”，后两句虚写“春色满园”。一枝红杏伸出墙头，高傲地迎风摇曳，足以让人想象满园的春色。后两句也启示人们：世界上一切新生的、充溢着勃勃生命力的美好事物是压抑不住、无法阻挡的。

## 周　弼

周弼（生卒年不详），字伯弜，阳谷（今山东阳谷县）人。宋宁宗嘉定（1208—1224）年间进士及第。生活经历丰富，宦游吴、楚、江、汉之间达40年。善画墨竹。有《端平集》。

### 夜　深

虚堂人静不闻更①，独坐书床对夜灯。
门外不知春雪霁②，半峰残月一溪冰③。

【注释】① 虚堂：空旷的厅堂。不闻更：听不到打更声。② 霁（jì）：雨雪停止，天放晴。③ 这句是说，一弯残月遥挂半山，满溪流水已凝结成冰，说明夜已很深，气候变得十分寒冷。

【浅析】这首诗描写作者读书至夜深时候的景况。前两句就室内落墨。“独坐书床”、“不闻更”，可见作者对于读书的浓厚兴趣和专注态度。后两句将笔锋转向户外的自然景物，拓宽了诗境空间，但仍从侧面反映出作者潜心读书的特点。

## 雷　震

雷震（生卒年不详），江西南昌人，度宗咸淳元年（1265）进士。

### 村　晚①

草满池塘水满陂②，山衔落日浸寒漪③。
牧童归去横牛背④，短笛无腔信口吹⑤。

【注释】① 村晚：乡村晚景的意思。② 陂（bēi）：临水的堤岸。③ 山衔落日：指黄昏时夕阳将要落山的状况。浸寒漪（yī）：指“山衔落日”的倒影浸在寒凉的水波中。漪，即涟漪，池水波纹。④ 横牛背：横骑在牛背上。⑤ 无腔：不成曲调。信口：随口。

【浅析】这首诗描写春天里的乡村晚景。前两句以“池塘”为落笔重点，写出了乡村风光的美好、恬静；后两句的视点集中在“牧童”身上：他放牛晚归，很随意地横骑在牛背上，随着耕牛的缓慢行走，又很随意地抽出短笛，信口吹出一串不成曲调的音符。一个调皮活泼、天真烂漫的牧童形象被生动地塑造出来。该诗纯用白描手法，不用一个带有感情色彩的字，但字里行间，蕴含着诗人对乡村风光、乡村生活的赞美。

## 谢枋得

谢枋得，字君直，号叠山，弋阳（今江西弋阳县）人。在南宋政府做过官。元兵入侵，他率兵抵抗。南宋亡后，隐姓埋名，以卖卜教书度日。后被元朝官员强制送到大都（今北京市）去做官，绝食而死。有《叠山集》。

### 蚕妇吟

子规啼彻四更时①，起视蚕稠怕叶稀②。
不信楼头杨柳月③，玉人歌舞未曾归④。

【注释】① 子规：即杜鹃，也叫杜宇、布谷。身体黑灰色，尾巴有白色斑点，腹部有黑色横纹。初夏时常昼夜不停地啼鸣。彻:尽,尽头。② 起视:蚕妇起床察看。③ 楼头杨柳月:指天快亮的时候,月亮已在高过楼房的杨柳树梢头。④ 玉人:容颜美丽、洁白如玉的人。这里指歌舞女郎。

【浅析】农家妇女为了养好蚕,在夜里都不得好好休息,而那些达官贵人虽然也是通宵不眠,却是在观赏歌舞,纵情欢乐。两相对照,封建社会的不合理、不公平就十分清楚了。诗人说蚕妇不相信歌舞女郎到四更天还没有回家,更说明统治阶级生活的奢侈淫靡是老百姓无法想象的。



## 文天祥

文天祥(1236—1283),字履善,号文山,庐陵(今江西吉安市)人,官至南宋王朝右丞相。他坚持抗击蒙古侵略者,奋不顾身,最后被元军俘虏,面对威逼利诱,始终不屈,后在北京从容就义。他的诗以元兵攻陷杭州为界分前后两期,前期诗较为一般,后期诗洋溢着爱国激情,历史价值和文学价值都很高。有《文山诗集》、《指南录》等。

### 扬子江①

几日随风北海游,回从扬子大江头②。
臣心一片磁针石③,不指南方不肯休。

【注释】① 扬子江:长江在南京一带称扬子江。南宋亡后作者曾往浙江余杭与元丞相伯颜抗论力争,被拘留。后在江苏镇江脱逃,辗转而至通州(今江苏南通市),准备转往福州投奔宋端宗赵昰。一路上写下了许多诗,总名为《指南录》。本诗是其中之一。诗集名就是根据本诗末句命名的。② 回:迂回。

③ 磁针石：即指南针。

【浅析】头两句记事，写他亡命江淮、奔走闽粤的情形；后两句议论，以磁针石作喻，表达了作者忠君爱国、矢志不渝的情怀。这首诗颇能反映文天祥忠于赵宋王朝的坚定立场。

## 集杜诗①

天地西江远②，无家问死生③。
凉风起天末④，万里故乡情⑤。

【注释】① 集杜诗：选取杜甫不同诗歌中的成句集为一首完整的诗歌。这类诗又叫集句诗。② 西江：指西来的长江。这句出自杜甫诗《夏日杨长宁宅送崔侍御、常正字入京》。③ 这句出自杜甫诗《月夜忆舍弟》。意思是，家已破散，连家人的死活都无问处。④ 天末：天的尽头。这句出自杜甫诗《天末怀李白》。⑤ 这句出自杜甫诗《江楼夜宴》。

【浅析】集句诗是旧时作诗的一种方式，采用前人一家或数家的诗句，拼集为一首诗。现存最早的集句诗，为晋代傅咸的《七经诗》。文天祥对杜甫及其诗歌极其尊崇，在囚禁燕京城时曾写了 200 首集杜诗。这首诗是第 156 首，主题是“思故乡”。虽然四句出自杜甫的不同诗篇，但集在一起仍显得风格和谐，意义通贯，如一气吟成，很好地表达出文天祥眷怀故乡、思念亲人的沉郁悲怆之情。如首句是说故乡遥远，文天祥的家乡在吉州庐陵县（今江西吉安市），江西正是长江流经之地，当时诗人囚于燕京，一南一北，相距甚遥，故以“天地西江远”发端，非常贴切。

## 郑思肖

郑思肖(1239—1316),原名不详,宋亡后改名思肖(寓思念赵宋王朝意,“赵”的繁体字为“趙”),字忆翁,号所南,连江(今福建连江县)人。元军攻宋,他曾向朝廷献计抗敌。宋亡后,他终身不出来做官,坐必朝向南方。有诗集《心史》。

### 咏　菊

花开不并百花丛①,独立疏篱趣未穷②。
宁可枝头抱香死③,何曾吹落北风中!

【注释】① 并:同时,一起。② 独立疏篱:独自挺立在稀疏的篱笆旁。③ 抱香死:是说菊花凋谢时,不像其他花朵飘落坠地,而是在枝头枯萎成一团。

【浅析】前两句赞扬菊花具有不随流俗的高尚品格,后两句进一步歌颂它不畏强暴的坚贞节操。诗人咏菊,是托物言志,表明他在南宋王朝灭亡后不愿向元王朝屈服称臣的坚定态度。

# 辽、金、元代（19首）

## 耶律洪基

耶律洪基(1032—1101)，即辽道宗，字涅邻，契丹名查剌。重熙二十四年(1055)即帝位，在位46年。他在位期间信用权奸，大兴佛教，致使辽朝由盛转衰。他文化素养较高，喜诗赋，善书画，通音律。有《清宁集》，今不存。

### 题李俨《黄菊赋》①

昨日得卿《黄菊赋》②，碎剪金英填作句③。
袖中犹觉有馀香④，冷落西风吹不去。

【注释】① 李俨(？—1113)，因得赐国姓耶律，又作耶律严。他以文学侍臣发迹，先后事道宗、天祚宗，位至国相，得宠几十年。赋：古代一种介于散文与诗歌之间的文体，讲究文采、韵律。② 卿：古代对人的敬称。后君王对臣下也称卿，有亲切的意味。③ 金英：黄色的菊花。这句称赞李俨所作之赋十分精美。④ 袖中：古人的衣袖肥而长，可置放一些小物品，如奏章、诗稿之类。

【浅析】这首诗称赞李俨的《黄菊赋》作得好。立意简单、明白，写法却颇新颖别致。一是说文章乃用剪碎的金色菊花片连缀而成,这当然是对它的高度肯定,同时又呼应了文章题目;二是说藏有文章的衣袖里仍然能嗅出余香(这同样与题目中的“黄菊”有关),那么它若不在衣袖里,香气当更浓郁;三是说西风吹不去香气,就是认定文章有持久的价值。该诗把《黄菊赋》比作清香袭人的菊花,比喻既新奇又巧妙,结构上也一波三折,愈折愈深。正因为这首诗构思精巧,意象鲜明,有人誉之为契丹人学汉语诗的压卷之作。

## 萧观音



萧观音(1040—1075),契丹族,辽道宗(耶律洪基)皇后,小字观音。1075 年 11 月,因宫廷倾轧,被赐自尽。她工诗善谈,能自制歌词,琵琶弹得很好。她的诗和词都受到汉民族文学的影响,是传世作品最多的辽代作家。《焚椒录》存其诗 4 首,词 10 首,文 1 篇。

### 伏虎林应制①

威风万里压南邦②,东去能翻鸭绿江③。
灵怪大千俱破胆④,那教猛虎不投降⑤!

【注释】 ① 伏虎林:契丹族“秋捺钵”(行营)之地,在今内蒙古巴林右旗西北察罕木伦河源之白塔子(察罕城)西北,是辽代皇帝秋季游猎的地方。据说辽景宗射猎到此,有虎伏于草丛颤抖不敢仰视,因称此地为伏虎林。应制:封建时代臣僚奉皇帝的命令所作的诗。② 南邦:南方的邦国。③ 鸭绿(lù)江:江名,源出吉林省东南白头山,西南流到辽宁省丹东市以下,入黄海,全长 795 公里。④ 灵怪:妖魔鬼怪。大千:大千世界。本是佛教语汇，指广大无边的世界。⑤ 那教：怎教，怎能使。

【浅析】清宁二年(1056)10月，萧观音随辽道宗射猎至伏虎林，道宗命她赋诗，萧观音应声就吟出这首诗。全诗气势雄健奔放，音调铿锵有力，夸张的笔调里流露出自豪的心情，鲜明地表现了契丹族崇尚勇武的民族精神。

## 王庭筠

王庭筠(1156—1202)，字子端，自号黄华山主、黄华老人，熊岳(今辽宁盖县西南)人。大定十六年(1176)进士。他是金朝中期的书画家、文学家，做过翰林修撰等官，与元好问有交谊。诗学黄庭坚，七言长篇尤工险韵。有《黄华集》8卷。

### 河阴道中①

梨叶成阴杏子青②，榴花相映可怜生③。
林深不见人家住，道上微闻打麦声。

【注释】① 河阴：县名，在今河南荥阳县东北。原诗有2首。② 成阴：形成了浓密的树荫。③ 可怜生：可爱的样子。生：语助词。

【浅析】前两句着重写所见：梨、杏、榴树遍植沿途，青杏子与红榴花相映成趣，使人赏心悦目。后两句着重写所闻：农家有节奏的打麦声从密林深处隐约传来，使人心驰神往。中原地区农历五月的秀丽自然、生机勃勃的田园风光，在诗人笔下历历如绘地表现了出来。

## 杨 奂

杨奂(1186—1255),字焕然,本名焕,也名英,又名知章,乾州奉天(今陕西乾县)人。金末举进士不中,教授乡里,人称紫阳先生。宪宗(即忽必烈之兄蒙哥)二年(1252),被后为元世祖的忽必烈召为参议京兆宣抚司事,不久辞归。卒谥文宪。著有《还山前集》、《还山后集》等。

### 题江州庾楼①

宿鸟归飞尽②,浮云薄暮开③。
淮山青数点④,不肯过江来。

【注释】① 江州:今江西九江市。庾(yǔ)楼:又叫庾公楼。晋代庾亮为江荆豫州刺史时,常与僚属登南楼赏月,后移衙门于浔阳(即江州),有人在此建楼名庾公楼。② 宿鸟:归巢宿息的鸟。这句从李白诗“众鸟高飞尽”(《独坐敬亭山》)化出。③ 薄暮:傍晚。开:散开。④ 淮山:此指江淮地区的山。

【浅析】傍晚时分,诗人登庾公楼抬头远眺,只见归鸟飞尽,浮云散开,视野更显开阔。又见远处旷野几个凸出的青青小点,想必就是江淮间的一道道青山。从地理位置看,江州在长江以南,淮山在长江以北,结句说淮山“不肯过江来”,是用拟人化的手法,埋怨的口吻,表现了作者对青青淮山的喜爱之情。全诗境界辽阔,景中有情,饶有情趣。

## 元好问

元好问(1190—1257),字裕之,号遗山,太原秀容(今山西忻州市)

人。金朝最有成就的诗人。他于金宣宗兴定三年(1219)中进士第,曾任行尚书省左司员外郎等,金亡后不仕。有《遗山集》。

## 陈德元《竹石》①

万石纲船出太湖②,九州膏血一时枯③。
阿谁种下中原祸④?犹自昂藏入画图⑤。

**【注释】**① 陈德元,宋代画家。《竹石》,画名。② 纲船:官方组织运输货物的船队。崇宁四年(1105)宋徽宗为修建万岁山,命朱缅主持苏杭供应局,掠取太湖石及奇花异木,组织船队运送北上,叫"花石纲"。这句的意思是,装载着许许多多太湖石的船只从太湖驶向北宋都城汴京。③ 九州:代指北宋王朝所统治的区域。膏血:代指民间财富。④ 阿谁:即"谁"。阿,语助词,无义。中原祸:指北宋王朝的覆灭。⑤ 昂藏:昂扬不凡的样子。

**【浅析】**北宋末年,宋徽宗为建造园林,耗费大量人力物力到江南掠夺太湖石,使得江浙一带民怨沸腾。应该说,北宋王朝的灭亡与此有一定关系。画家以太湖石入画,未必有什么深意,但诗人见画生发联想,怒斥太湖石"种下中原祸",画家不应再将它入画,自然,这是指桑骂槐的手法,其真实用意,是斥责采集太湖石的策划者、支持者。此诗写于金国灭亡后五年(1238)。诗人借感慨北宋之灭国,蕴含着他对腐朽的金末统治者的批判之意。

## 段继昌

段继昌(生卒年不详),字子新,自号适安居士,白水(今陕西白水县)人。生平事迹不详。《中州集》录其诗5首。

### 一 溪[1]

一溪流水走青蛇[2],春在江边渔父家[3]。
竹外寒梅看欲尽[4],清香移入小桃花。

**【注释】** ① 一溪:一道溪流。② 走青蛇:形容溪水澄碧蜿蜒,像青蛇在游动。③ 渔父:渔夫。这句是说,融融春意只有在江边渔民家里才有所体现。④ 寒梅:腊梅。欲尽:将尽。

**【浅析】** 这首诗写早春时节“一溪”附近生意盎然的景色。由于是早春,溪水开始欢畅地流淌,渔民正忙着下江捕鱼;由于是早春,腊梅花纷纷凋谢,桃花开始绽出小小的花苞。后两句诗借助花香,由腊梅向桃花的转移来暗示冬去春来的节候变化,巧思妙想,饶有韵致。

## 段成己

段成己(1199—1282),字诚之,号菊轩,别号遁斋,绛州稷山(今山西稷山县)人。金正大元年(1224)进士。蒙古攻占金朝南京后,与兄段克己隐于龙门山。征为平阳路儒学提举,坚辞不就。有《二妙集》(与其兄段克己的诗词合集)。

## 送冯资深归西山[1]

人间蛮触日干戈[2]，暮四朝三都几何[3]？
归去莫忧瓶粟罄[4]，西山雨足蕨薇多[5]。

【注释】① 冯资深：金末元初诗人，作者的友人。西山：又称首阳山，在今山西永济市南。殷商时期伯夷、叔齐谏阻周武王伐纣不成，亡国后耻食周粟，隐于此山。② 蛮触：《庄子·则阳》篇说，蜗牛左角有国名触氏，右角有国名蛮氏，它们常为争地而战。后人就以“蛮触”比喻为蝇头小利而战。干戈：代指战争，干是盾牌，戈是戈矛。这句的意思是，人世间统治阶级为了争权夺利经常发生战争。③ 暮四朝三：即成语“朝三暮四”，喻反常无常。都：总共。几何：多少。这里有“怎么样”的意思。这句的意思是，政权翻来覆去，又能怎样呢？④ 瓶粟：指家中的存粮。罄(qìng)：器皿中一无所有叫罄，引申为尽、完。⑤ 蕨薇：两种野生蔬菜的名称。蕨又称拳菜、紫蕨；薇又称巢菜、野豌豆。相传伯夷、叔齐隐居首阳山，采食蕨薇为生。

【浅析】这首诗的主旨是劝冯资深安心于隐居生活。前两句可能是针对蒙古族灭金朝而言，认为新王朝也没有什么了不起的。其中蕴含着作者强烈的遗民心态。后两句巧借归隐处“西山”(首阳山)引出议论：西山曾是历史上最早的隐士伯夷、叔齐的隐居地，他俩在此山中采食蕨薇为生，名扬后世；那么，你选择此山作为隐居地，也必能安宁地生活下去，成就你高尚的美名。这首诗运用的三个典故都比较恰当，其中以“西山蕨薇”为最好。

## 陈 孚

陈孚(1259—1309),字刚中,号勿庵,临海(今浙江临海市)人。在元朝做过礼部郎中等官。为官勤勉,因救济灾民积劳成疾而病逝。谥号文惠。所作诗文笔力雄健,不假雕琢。有《观光稿》等。

### 博浪沙①

一击车中胆气豪②,祖龙社稷已惊摇③。
如何十二金人外④,犹有人间铁未销⑤?



【注释】① 博浪沙:古地名,在今河南原阳县东南。据《史记·留侯世家》记载,战国时韩国被秦灭后,张良图谋刺秦王为韩报仇。一次秦始皇乘车东巡,张良与刺客埋伏在博浪沙狙击。② 一击车中:张良所雇用的刺客操120斤重的大铁椎向秦始皇的车子掷去,击中目标。但事实上击中的是副车。胆气豪:这是诗人对张良和刺客的赞美。③ 祖龙:指秦始皇。社稷(jì):古代帝王、诸侯所祭的土神谷神。旧时作为国家的代称。④ 如何:为什么。十二金人:秦始皇害怕人民造反,收缴天下兵器,全部运到咸阳,熔铸了十二个铜人,置于皇宫里。⑤ 犹有:还有。铁未销:铁器没有销毁。

【浅析】这首诗歌颂了张良敢于行刺秦始皇的无畏精神,讽刺秦始皇收缴天下兵器是徒劳无功的蠢举。它揭示了这样一个道理:哪里有压迫,哪里就有反抗。后两句的反问语气,富有冷隽的幽默感,增强了讽刺意味和批判力度。

## 刘 因

刘因(1249—1293)，初名骃，字梦吉，号静修，容城(今河北容城县)人。元前期的著名学者、诗人、理学家。在元初被征召入朝，任承德郎等职，不久因母辞官。诗歌多反映元初遗民思想，真挚沉痛。还有些诗抒写反对战乱、热爱祖国山河的情怀。有《静修集》等。

### 山 家①

马蹄踏水乱明霞②，醉袖迎风受落花③。
怪见溪童出门望④，鹊声先我到山家⑤。

【注释】① 山家：居住在山区的隐士之家。② 这句是说，明亮的云霞倒映在水中，诗人策马踏溪，搅乱了水中的霞影。③ 醉袖：醉人的衣袖。④ 怪见：很奇怪地看到。溪童：站在溪旁的孩童。⑤ 鹊声：喜鹊的鸣叫声。

【浅析】暮春时分，诗人乘着醉意，策马去山里拜访友人。前两句描写赶路情形，反映了山间的优美景致和诗人的潇洒神态。后两句表现了诗人的心理活动，渲染出到达“山家”时的欢乐气氛。

## 马祖常

马祖常(1279—1338)，字伯庸，世为雍古部人，居靖州天山(今属新疆)，其高祖在金末任凤翔兵马判官，子孙因以马为姓。元延祐二年(1315)登第，廷试第二名。曾任国史院编修官、翰林直学士、御史中丞等职，卒谥文贞。他是元中后期杰出的少数民族文学家，诗文俱佳，有《石田集》。

## 河湟书事[1]

波斯老贾度流沙[2]，夜听驼铃识路赊[3]。
采玉河边青石子[4]，收来东国易桑麻[5]。

【注释】① 河湟：黄河、湟水两河流域之地，大致在今甘肃东南部和青海东北部一带，是古代通往西域的交通要道。书事：记事。② 波斯：伊朗古国名。老贾(gǔ)：老成有经验的商人。度：越过。流沙：沙漠。沙漠因风吹而流动转移，故称流沙。③ 识：识别，辨认。赊(shē，古人读 shā)：长，远。④ 这句是说，在河边青石子堆里觅取美玉。⑤ 收来：指商人把美玉从采玉人那里收购来。东国：因中国在波斯以东，故波斯人称中国为东国。易：交换，交易。桑麻：丝织品和麻织品的代称，这里主要指丝绸。

【浅析】从诗题可知，这是作者用诗的形式记下他在河湟地区听"波斯老贾"所说的经商之事。前两句写经商路途的艰难、遥远；后两句写交易的物品。这首诗犹如一幅当时社会的中西商贸行旅图，给人新奇有趣、形象逼真的感觉。

## 嘲伯颜太师[1]

无名氏

百千万锭犹嫌少[2]，垛积金银北斗边[3]。
可惜太师无远智[4]，不将些子到黄泉[5]。

【注释】① 伯颜(1237—1295)，元初大将，在灭宋战争中颇有战功,曾任元代丞相。太师:周代开始设置的官名,为国君辅弼之官,地位很高,后丞相也称太师。② 锭(dìng):做成块状的金属,如金锭、银锭。③ 垛(duò)积:堆积。北斗:北斗七星。④ 远智:长远的智谋。⑤ 些子:当时口语,意为"一些"。黄泉:指人死后埋葬的地方。

【浅析】据元末明初陶宗仪《南村辍耕录》记载,伯颜专权贪恶,拼命捞钱,后因罪被谪迁,死于路途,寄棺于驿舍。有人在壁上题了这首诗。前两句用夸张笔法写他生前欲壑难填,聚财无数;后两句讽刺他"竹篮打水一场空",死后带不走一分一毫。该诗说伯颜"无远智",其实任何人在这个问题上(人死后能带走生前的财物)都是不可能有"远智"的,所以这首诗在今天仍然有一定的警世意义。

## 王冕

王冕(1287—1359),字元章,号煮石山农、饭牛翁、梅花屋主等。诸暨(今浙江诸暨县)人。出生在贫困的农家,放牛自学。屡次参加科举考试都没有中第。终身未仕。他是元代著名画家,喜画梅,在居处植梅千株。诗歌风格质朴豪放,受到唐代诗人李白、杜甫的影响。有《竹斋集》。

### 白梅①

冰雪林中著此身②,不同桃李混芳尘③。
忽然一夜清香发,散作乾坤万里春④。

【注释】① 原题共58首。② 著:安放。此身:指白梅。

这句是说，白梅生长在冰天雪地的环境里。③ 混芳尘：与春天的尘土混在一起。④ 这句是说，白梅的清香扩散开去，弥漫于天地间，给世界带来了春天的消息。

【浅析】这首诗赞扬白梅不仅耐得苦寒和寂寞，洁身自好，还能为世界送来清香，为盼望温暖的人们带来春天的消息。末句所用的夸张手法，颇有李白的豪情。

## 墨　梅[1]

我家洗砚池头树，朵朵花开淡墨痕[2]。
不要人夸好颜色，只留清气满乾坤[3]。

【注释】① 墨梅：用水墨画的梅花。这是首题画诗。② 淡墨痕：浅黑色的痕迹。③ 清气：清香的气息。满乾坤：充满天地。

【浅析】洗砚池边的梅树开出的花朵呈现为浅墨色，可见池水之黑，也足以说明诗人写字、作画之勤苦。前两句诗可能受到晋代书法家王羲之“临池学书，池水尽墨”故事的启发。后两句代墨梅言志，曲折地表达出诗人的高洁情怀：不求表面花哨，不愿哗众取宠，只希望能保持一身正气、一世令名。

## 萨都剌

萨都剌(1300—约1355)，字天锡，号直斋，蒙古人，一说色目人。生于代州(今山西代县)雁门，后定居宛平(今北京丰台区)。泰定四年(1327)进士，曾在元朝为官。他是元朝最杰出的少数民族诗人，作品题材广泛，风格多样，具有鲜明的民族特色和地域特征，在当时即享有盛名。有《雁门集》。

## 上京即事[1]

牛羊散漫落日下[2]，野草生香乳酪甜[3]。
卷地朔风沙如雪[4]，家家行帐下毡帘[5]。

【注释】① 上京：元朝的上都，与大都（今北京市）并称为两都。故址在今内蒙古正蓝旗东约20公里闪电河北岸。即事：就眼前景物写诗。原题共有10首。② 散漫：形容很分散。③ 乳酪（lào）：用动物的乳汁做成的半凝固食品。④ 朔风：北风。沙如雪：沙砾随风飞扬，漫天乱舞，好似下雪似的。⑤ 行帐：可随时搬动的毡帐。下毡帘：放下毡帐的门帘。

【浅析】这首诗描写内蒙古草原的牧民生活和自然风光。夕阳开始西沉，放牧的牛羊还在自由地奔逐；微风吹拂，茂盛的野草散发出淡淡的清香；牧民开始烧煮晚饭，甜甜的乳酪使人口馋。忽然风云变幻，朔风怒吼，搅起满天风沙，牧民们赶紧把卷起的毡帐门帘放了下来。全诗平易自然，质朴雄健，地方特征和民族气息十分鲜明。

# 倪瓒

倪瓒（1306—1374），字元镇，号云林。祖先为西夏人，五世祖迁移至无锡（今江苏无锡市）。一说先世为吴中大富户。倪瓒终生未仕，刻意文史、绘事。他是元代后期著名画家和诗人。其画与黄公望、吴镇、王蒙合称“元四家”。诗风清雅古朴。有《倪云林诗集》等。

## 题郑所南《兰》[1]

秋风兰蕙化为茅[2]，南国凄凉气已消[3]。
只有所南心不改，泪泉和墨写《离骚》[4]。

【注释】① 郑所南：即南宋末年的画家、诗人郑思肖。所南是他的字。郑所南画兰不画土和根，寓意南宋王朝灭亡后已无所依凭。② 这句的意思是，秋风劲吹，兰蕙之类的香草纷纷凋落，变为令人讨厌的茅草。③ 南国：南方。这里代指南宋王朝。气已消：王气消亡，指南宋王朝灭亡。④ 泪泉：眼泪如泉水般涌出。《离骚》：战国时屈原所作的长诗，抒写其与祖国同休戚、共存亡的深挚的爱国主义情感。

【浅析】这是首题画诗。郑所南画兰寄托了他悲悼故国的沉痛感情，倪瓒此诗不论其构图、笔墨等技法问题，而是抓住核心的思想寓意展开论述。首句说香草在秋风摧残下转为恶草，隐指南宋臣子在宋亡后纷纷变节降元，所以才有第三句的强调语。末句将郑所南画兰比作屈原写《离骚》，高度赞扬了他深厚的爱国情感，也体现出诗人对他的崇敬之心。

## 廼　贤

廼（nǎi）贤（1309—?），字易之，一名纳新，别号河朔外史、紫云山人。为葛逻禄氏，世居金山（今新疆与蒙古交界处的阿尔泰山）之西，后居南阳（今河南南阳市），最后定居于鄞（yín）县（今浙江鄞县）。在元朝至正年间做过翰林编修官。他的诗较真实地反映了元代后期社会现实，风格清新俊逸，当时人很推崇他。有《金台集》等。

## 月湖竹枝词[1]

五月荷花红满湖，团团荷叶绿云浮[2]。
女郎把钓水边立[3]，折得柳条穿白鱼。

【注释】① 月湖：湖名，在浙江四明山附近。竹枝词：原是巴渝（今四川重庆地区）民歌，唐代诗人刘禹锡首先运用《竹枝词》的曲调来写反映民间生活的诗歌。后代很多诗人都有仿作。这是题画诗，原题有4首。② 团团：圆圆的样子。绿云浮：浮在水面上的荷叶很像一片片绿色的云。③ 把钩：手持渔竿垂钓。

【浅析】这首诗描绘农历五月月湖的美丽景象。前两句写满湖的绿叶红花，是一幅令人心旷神怡的静物画；后两句摄下女郎垂钓穿鱼的镜头，是一幅令人啧啧称奇的人物画。全诗清新活泼，动静结合，逼真如画，生活气息十分浓郁。

## 塞上曲

秋高沙碛地椒稀[1]，貂帽狐裘晚出围[2]。
射得白狼马上悬，吹笳夜半月中归[3]。

【注释】① 沙碛（qì）：沙石积成的沙滩地。地椒：草名，叶片贴地而生，味微辛，北方人用它作为煮羊肉的调料。② 出围：晚上出去围猎。③ 笳：古代管乐器名，北方民族常用，称为胡笳。夜半：半夜。

【浅析】廼贤曾和友人自大都（今北京市）前往上都（在今

内蒙古地区)参观游览,途中及在塞北时写了不少诗。这首诗描写了北方少数民族的一次晚间围猎活动。首句写边塞环境,次句写猎人出动,第三句写围猎所得,末句写乘月夜归。全诗清新活泼,流畅自然,富有地域色彩、民族特点。末句中的“吹笳”一语,于客观叙述中可以看出猎人收获颇丰后的飞扬神采。有人认为廼贤与萨都剌的边塞诗可称为元代边塞诗的双璧。



## 余阙

余阙(1303—1358),字廷心,一字天心,色目人。世居河西武威(今甘肃武威市),后迁居庐州(今安徽合肥),曾长期读书青阳山中,世称青阳先生。元惠宗元统元年(1333)右榜一甲进士第二名。曾任都元帅、江浙行省参军和淮南行省左丞。元惠宗至正十七年(1357),红巾军陈友谅攻占其驻地安庆(今属安徽)城,余阙自刭沉水死。谥忠宣。著有《青阳集》。

### 赠山中道士善琴[①]

山中道士绿荷衣[②],新抱瑶琴出翠微[③]。
已与尘缘断来往[④],逢人犹鼓《雉朝飞》。

【注释】① 道士:有道德的高尚之士。此指隐士。② 绿荷衣:用荷叶连缀而成的衣服。③ 新:刚刚。瑶琴:用玉装饰的名贵的琴。翠微:山色青翠的样子。此指青山。④ 尘缘:本为佛家语,佛教认为色、声、香、味、触、法为六尘,能使人产生欲望,污染人心。此指世俗社会、世俗念头。⑤ 犹鼓:仍在弹奏。

《雉朝飞》：乐府琴曲，即《雉朝飞操》，据说它是战国时齐人犊木子因伤感年老无妻而作，一说是卫侯女傅母为悼念随亡夫而死的女儿弹奏而成。

【浅析】这是一首讽刺诗。前两句描写“道士”的清高形象，让人觉得他真是一个超凡脱俗、极有品位的林下高士。不料他刚一弹奏就露了破绽，原来所弹琴曲是充满了悲伤情调的有求偶欲望的《雉朝飞》。这说明他并未割断世俗尘缘啊。该诗通过“道士”前后行为、动作之间的矛盾，俏皮地嘲笑了他的表里不一，颇有喜剧意味。

## 廖　毅

廖毅（？—1329），字弘道，建康（今江苏南京市）人。与元末戏曲家钟嗣成有交谊。书法和文章都写得很好，所作散曲不同凡俗。诗风感慨激烈，存作很少。

### 伍王庙①

浩浩凌云志②，巍巍报国心③。
忠魂与潮汐④，万古不消沉。

【注释】① 伍王庙：祭祀伍子胥的庙。伍子胥之父伍奢，以直言敢谏被楚平王所杀。子胥逃到吴国。吴越交战时，他率吴国军队大败越军。越王勾践通过贿赂吴国太宰嚭（pǐ）以求和。伍子胥劝吴王夫差一鼓作气灭掉越国，但吴王非但不接受，反而听信太宰嚭的谗言，迫使伍子胥自杀。他在自杀时气愤地对手下人说：“我死后，把我的眼睛挖出来悬挂在吴国都城的东门之上，我要看着越国军队灭掉吴国。”吴王听了大怒，把伍子胥的尸体装入“鸱(chī)夷之器”(外形为鸱鸟形状的皮革袋)投于江中。后吴人在江边立祠庙纪念他。② 浩浩：辽阔广大的样子。凌云志：形容志向高远。③ 巍巍：高大。这里是“崇高”的意思。④ 潮汐：传说伍子胥死后，冤魂化作怒涛，随潮汐来往，拍打江堤，俗称“子胥涛”。

【浅析】这首诗满怀激情地赞颂了伍子胥的高远志向、报国热情，为他的“信而见疑，忠而被谤”的悲剧命运哀叹不已。最后两句从民间传说化出，寄寓了诗人对于昏聩君王的谴责和抗议。

# 明代（22 首）

## 刘 基

刘基(1311—1375),字伯温,青田(今浙江青田县)人。元末进士,任江西高安县丞,江浙儒学副提举。不久弃官归隐。后辅佐明太祖平天下以成帝业。明初任御史中丞兼太史令,封诚意伯。洪武四年(1371)辞官归里。后为胡惟庸构陷,忧愤而死。一说被胡惟庸毒死。他的诗歌忧时悯世,想象丰富,偶有活泼清新之作。有《诚意伯文集》。

### 长门怨[1]

白露下玉除[2],风清月如练[3]。
坐看池上萤[4],飞入昭阳殿[5]。

【注释】① 长门怨:乐府相和歌辞名。汉武帝有个陈皇后,因失宠退居长门宫。据说司马相如为她作《长门赋》,武帝见了很感动,陈皇后因此重新得到宠爱。② 玉除:玉阶,玉石铺砌成的台阶。③ 练:白色的熟绢。④ 萤:萤火虫。⑤ 昭阳殿:汉武帝后宫有昭阳殿,他的宠妃卫子夫居住在那里。

【浅析】这首诗写失宠的陈皇后在长门冷宫里无聊的夜生活。诗意清幽、平静,于不动声色之中写出了陈皇后的忧郁、悲哀心情和对于重新得宠的热望。古代诗人常借写香草美人寄托自己的情怀，所以这陈皇后很可能是隐指作者自己，抒写作者仕途失意的郁愤。

## 高 启

高启(1336—1374)，字季迪，号槎杆，长洲(今江苏苏州市)人。曾隐居吴淞青丘(今苏州甪直)，故自号青丘子。博学多才，为“吴中四杰”之一。洪武初，应召编《元史》，任翰林院国史编修。后遭文字狱，被腰斩，仅39岁。其诗兼采众长，风格爽朗清逸。有《高太史大全集》。

### 客中忆二女①

每忆门前两候归②，客中长夜梦魂飞。
料应此际犹依母③，灯下看缝寄我衣。

【注释】① 客中：寄居他乡期间。② 每：常常。两候归：两个女儿等候父亲归来。③ 料：料想，估计。此际：这时候。依母：偎依着母亲。

【浅析】这是一首思亲诗。作者客居异乡，常常回忆两个可爱的女儿傍门候父的情景，以至于晚上梦萦魂飞。想象中的家人思亲图写得细致真切。父亲思女之情通过女儿思父之态表现更显生动深挚。诗歌风格朴实淡雅，如芙蓉出水，显示出一种自然的美。

### 田家夜舂①

新妇舂粮独睡迟②，夜寒茅屋雨来时。
灯前每嘱儿休哭③，明日行人要早炊④。

【注释】① 舂（chōng）：舂粮。把谷物放在石臼里用杵捣去皮壳。② 新妇：主妇。在古代，翁姑（公、婆）常把儿媳妇称为新妇。③ 每嘱：一再叮嘱。休哭：不要啼哭。④ 行人：出门人。这里指新妇的丈夫。

【浅析】丈夫为谋生计，第二天一早就要出远门而去，然而家里连明天的早饭也没有着落。他的妻子一面哄孩子睡觉，一面连夜舂粮。农家生活的艰难贫困，贫贱夫妻的恩爱情深，相当真切地表现了出来。“夜寒茅屋雨来时”一句，渲染新妇舂粮时凄苦寒寂的环境、氛围，分外令人感动。

## 杨 基

杨基（1326—1378），字孟载，号眉庵，祖籍嘉州（今四川乐山市），生长于吴县（今江苏苏州市）。他在元末为江浙农民起义首领张士诚幕僚，明初任过山西按察使。能诗善画，是明初“吴中四杰”之一。有《眉庵集》。

### 天平山中[①]

细雨茸茸湿楝花[②]，南风树树染枇杷[③]。
徐行不记山深浅[④]，一路莺啼送到家。

【注释】① 天平山：在江苏苏州市北的灵岩山北，海拔221米，为花岗岩山丘，以枫、泉、石为著，并称三绝。山多奇峰怪石，人称“万笏朝天”，是游览胜地。② 茸（róng）茸：草初生时柔密可爱的样子。这里形容细雨迷蒙。楝（liàn）：落叶乔木，春夏之交开淡紫色的花。③ 枇杷：常绿小乔木，果实为球形或椭圆形,春夏之交成熟,呈橙黄色或淡黄色,可食。④ 徐行:慢慢行走。

【浅析】淡紫色的楝花受到细雨的滋润,显得娇嫩秀美;金黄色的枇杷缀满枝头,格外惹人喜爱;处处莺声婉转,如同置身乐园。初夏时分天平山中绚丽多姿的自然风光,在诗人笔下历历如绘。"南风""染枇杷"的构思,十分新鲜,耐人思索。"徐行不记山深浅"一句,透现出诗人陶醉于山林美景,忘记旅途劳累的轻快、喜悦心情。



## 李昌淇

李昌淇(1376—1453),名祯,昌淇是他的字。庐陵(今江西吉安市)人。永乐二年(1404)进士,任广西左布政使等职,为官清正。曾参加修纂《永乐大典》。所撰传奇小说集《剪灯馀话》在文学史上有一定地位。诗集有《容膝轩草》等。

### 山中见牡丹

不嫌恶雨并乖风①,且共山花作伴红。
纵在五侯池馆里②,可能春去不成空③?

【注释】①不嫌:不嫌弃,不害怕。恶雨乖风:暴雨狂风。② 纵:纵然。五侯:西汉末王谭等五个皇亲国戚同日封侯,称五侯。东汉时梁冀等父子叔伯五人也被封侯,亦称五侯。这里泛指豪门权贵。③ 可能:岂能。这句的意思是,当春天消逝的时候,生长在五侯池馆里的牡丹也就成了一场空(即花儿也将凋谢殆尽)。

【浅析】这首诗由“山中牡丹”写到“池馆牡丹”，赞颂了山中牡丹的坚强和“平民化”的品质，讽刺了“池馆牡丹”的娇弱、短暂。结合诗人为官清正、生活俭朴的情况看，该诗很可能包含有讽刺富豪后代的寓意。

## 罗亨信

罗亨信(生卒年不详)，字用实，号乐素。东莞(今广东东莞市)人。永乐二年(1404)进士。历任工科、吏科给事中，御史，左副都御史等。有《觉非集》。

### 戍妇词[①]

去年戍桑乾[②]，今年戍交河[③]。
书来浑不定[④]，教妾梦如何[⑤]？

【注释】① 戍妇：戍边军士的妻子。② 桑乾：水名，源出山西马邑县桑乾山，向东流入河北及北京市郊。其上游在明代是边防地区。③ 交河：交河城，在今新疆吐鲁番县西北雅尔湖村附近。一度归入唐王朝版图。此借指西北边疆地区。④ 书：信。浑：完全。⑤ 妾：戍妇自称。梦如何：该怎么做梦呢？

【浅析】这首诗抒写戍妇之怨。戍妇无法与戍边的丈夫团圆，只能在梦中才有与其见面的机会。然而，从丈夫的来信可知，他的军队调动频繁，其居所全无定准。这就让戍妇为难了：梦中该到哪儿去找他呢？梦中见人，本幻中之事，并不需要有确切地址。诗人如此写，正是为了烘托戍妇的一片痴情。因此说，构思奇妙是本诗的最大特点。唐代诗人张潮的七绝《江南行》写妻子怀念外出的丈夫，后两句说："妾梦不离江上水，人传郎在凤凰山"，已有枉自做梦而难见亲人的意思。《戍妇词》的构思、立意，可能受到了《江南行》的启迪。

## 于　谦

于谦(1398—1457)，字廷益，号节庵，钱塘(今浙江杭州市)人。永乐十九年(1421)进士。官至兵部尚书。"土木堡之变"中，明英宗被蒙古军俘虏，于谦拥立景帝，提督军马，击退敌军。英宗复位后以"大逆不道，迎立外藩"的罪名杀了他。后谥肃愍，又谥忠肃。其诗多忧国忧民之作，不事雕琢，明白如话。有《于忠肃集》。



### 除夜太原寒甚①

寄语天涯客②，清寒底用愁③？
春风来不远，只在屋东头。

【注释】① 除夜：除夕之夜。太原：军镇名，又名三关镇。防区在今山西内长城以南，西起黄河，东抵太行山。② 天涯(yá)：形容极远的地方。③ 底：何。

【浅析】除夕之夜本该合家团聚，然而，诗人却栖身远方，又恰逢大寒，确实令人寂寞难熬。然而，诗人在寒冬之时想到春天很快就要来到，希望"天涯客"(包括他自己及友人)不必忧愁，表现出他乐观向上的人生态度。后两句诗与19世纪英国浪漫主义诗人雪莱的名言"冬天来了，春天还会远吗?"有相似之处。

## 上太行[1]

西风落日草斑斑[2]，云薄秋空鸟独还。
两鬓霜华千里客[3]，马蹄又上太行山。

【注释】① 太行：太行山。太行山在北京、山西、河北和河南4省市间，是我国北方著名的大山。② 斑斑：夕阳斜照，草的叶片上现出斑斑点点的光影。③ 霜华：比喻鬓发花白。千里客：远方来的客人。此是作者自称。

【浅析】秋天的傍晚天高云淡，辽阔的天空里有飞鸟翔还。在这雄浑壮美的背景下，一个远离家乡的老将军，策马直上高峻的太行山。一鸟一人，一"上"一"还"，这里有感慨，有乡思，有豪情。

## 石灰吟

千锤万凿出深山[1]，烈火焚烧若等闲[2]。
粉身碎骨浑不怕[3]，要留清白在人间。

【注释】① 千锤万凿：形容石灰石在被开采出来时已饱受磨难。② 烈火焚烧：石灰石须经高温烧炼，才能成为石灰。若等闲：好像无所谓的样子。③ 浑不怕：全不怕。

【浅析】石灰的一生是历经坎坷、充满痛苦的一生，但又是光辉的、富有献身精神的一生。它宁愿自己饱受痛苦，还是要把"清白"留在人间。诗人通过颂扬石灰，表明自己坚守节操、保持清白、不畏艰难、甘愿牺牲的志向。

## 沈　周

沈周(1427—1509),字启南,号石田,晚号白石翁,长洲(今江苏苏州市)人。终生不仕,善诗文书画,以画闻名,被称为明世第一。为"吴门画派"始祖。有《石田集》、《石田诗钞》等。

### 桃源图①

啼饥女儿正连村②,况有催租吏打门③。
一夜老夫眠不得④,起来寻纸画桃源。

【注释】 ① 桃源:桃花源的省称。东晋诗人陶渊明有《桃花源诗并记》,把武陵桃花源描写成一个无剥削压迫的自在古朴的世界,后世就把桃花源作为理想社会的代名词。② 连村:满村都是。③ 况有:何况还有。④ 老夫:作者自称。眠不得:不得安眠,睡不着。

【浅析】这是首题画诗。前两句写现实生活中百姓贫困、官府凶恶的景象,第三句作一转折,写自己内心痛苦不堪,夜不成眠,于是引出第四句:连夜起床寻纸画《桃源图》。显然,作者是借画寄意,抒发对现实社会的愤恨,对太平世界的向往。

## 唐　寅

唐寅(1470—1523),字伯虎,一字子畏,号六如居士、桃花庵主等,吴县(今江苏苏州市)人。弘治十一年(1498)乡试第一,世称唐解元。会试时因牵连科场舞弊案而被革黜。以后绝意仕途,漫游名山大川,以卖画为生。其绘画、书法堪称一流,其诗虽不及书画影响大,但亦取得相当成就。自称是"江南第一风流才子"。有《六如居士全集》。

## 题　画

芦苇萧萧野渚秋[1]，满蓑风雨独归舟[2]。
莫嫌此地风波恶，处处风波处处愁。

【注释】① 萧萧：象声词。形容风吹芦苇的声音。渚（zhǔ）：水中间的小块陆地。② 蓑（suō）：蓑衣。用草或棕制成的披在身上的防雨用具。

【浅析】此诗首先生动展示了画的形象及意境，突出了风雨归舟的凄苦。接着由画意而生联想：人们所处的社会生活环境不也是“处处风波处处愁”么？此诗既紧扣画意，又借题发挥，抨击了黑暗的现实社会，是题画诗的上品。

## 言　志

不炼金丹不坐禅[1]，不为商贾不耕田[2]。
闲来写就青山卖[3]，不使人间造孽钱[4]。

【注释】① 这句的意思是，自己既不做道士也不做和尚。道士炼金丹，和尚坐禅（静坐修行）。② 商贾（gǔ）：商人。古有行商坐贾的说法。③ 写就青山：画成山水画。④ 造孽（niè）：佛教用语，指做坏事。也说“作孽”。

【浅析】诗歌明白如话，直抒胸臆，从中可见诗人不羁的性格、高洁的志趣，也隐约表达了诗人对剥削者的鄙视。清代画家、诗人郑板桥诗句“不烧铅汞不逃禅，不爱乌纱不要钱”（《燕京杂诗》）明显受到此诗影响。

## 题　画

秋水接天三万顷①，晚山连树一千重②。
呼他小艇过湖去③，卧看斜阳江上峰。

【注释】① 秋水：秋天的水面。顷(qǐng)：一百亩为一顷。② 一千重：形容山峦重重叠叠的样子。③ 小艇(tǐng)：轻便灵巧的小船。

【浅析】这首题画诗将画面所描绘的辽阔优美的山水景致和画中人物乘舟过湖时怡然自得的姿态十分传神地表现了出来。前两句从大处着墨，后两句抓细节透视。整体与局部的关系处理得很是得体，既全面又有重点地再现了画面的美妙境界。



# 杨　慎

杨慎(1488—1559)，字用修，号升庵，新都(今四川成都市)人。正德六年(1511)中进士第一，授翰林修撰。后因直言极谏被谪戍云南永昌。他学问广博，为明世第一。诗风绮丽、宏肆，贬谪以后多感愤之作。有《升庵集》等。

## 出　郊①

高田如楼梯，平田如棋局②。
白鹭忽飞来③，点破秧针绿④。

【注释】① 郊：泛指城外、野外。② 棋局：棋盘。③ 白鹭

(lǜ)：一种嘴直而尖、长颈的鸟。④ 秧针：这是对才插不久还没发棵的秧苗的形象说法。

【浅析】前两句用形象新鲜的比喻写出郊外丘陵地带山上梯田、山下平田的景象；后两句写山下秧田一片绿色的世界，忽有一只白鹭飞来，给人以"万绿丛中一点白"的视觉冲击，形成了一幅动静结合、色彩鲜明的图画，显示了蓬勃的生机与活力。

## 宗　臣

宗臣（1525—1560），字子相，号方城山人，兴化（今江苏兴化市）人。嘉靖二十九年（1550）进士，曾任刑部主事、福建布政参议等职。为官正直、爱民，为奸相严嵩所恶。诗文主张复古，诗学李白，与李攀龙、王世贞等称"后七子"。有《宗子相集》。

### 郊　行

连骑出孤城，扬鞭一相语①：
杨柳遍春山，应从何处去？

【注释】① 一：语助词，无义。相语：对别人说。相，偏指一方，不是"互相"的意思。

【浅析】这首诗写诗人与随从骑马出城春游，到了郊外，看到处处春山处处柳，却不知到哪儿去了。这充分说明郊外春光无限，处处美好。全诗语言浅近平易，于自然流畅中蕴藏着高妙的构思。

## 戚继光

戚继光(1528—1587),字元敬,号南塘,登州(今山东蓬莱市)人。抗倭(wō,古代称日本)名将,军事家,所率部队人称“戚家军”。其诗苍劲豪壮,激昂慷慨。有《止止堂集》。军事著作有《纪效新书》、《练兵实纪》。

### 马上作

南北驱驰报主情①,江花边月笑平生②。
一年三百六十日,多是横戈马上行③。

【注释】① 南北驱驰:作者曾先后在南方福建、广东一带和北方蓟州(今河北、北京等地)一带镇守抗倭,故称“南北驱驰”。驱驰,策马疾驰。主:指君主。② 江花:指南方江畔的花。边月:指北方边地的月。笑:笑慰。平生:指过去的生活。③ 横戈:持着武器。戈,古代兵器。

【浅析】这首作于马上的短诗,概括了作者的平生行迹,抒发了他不畏艰危、保卫国家的壮志豪情。

## 徐熥

徐熥(tōng,生卒年不详),字惟和,闽县(今福建福州市)人。明万历十六年(1588)举人。他写诗学习唐人,以七绝著称。有《幔亭诗集》。

## 御儿舟中别朗公①

月下谈深睡已迟，满身凉露夜何其②？
鸡声未断钟声起，又是江头送别时。

【注释】①御儿：地名，在今浙江桐乡县西南。朗公：即吴执御（字朗公）。他是明朝官员，因得罪权贵下过狱。② 夜何其（jī）：不知到夜里什么时候了。其，表疑问的语气词。

【浅析】这首诗描写诗人和友人不忍分别的动人情景。因为第二天一早就要分手，所以就在船头月光下多谈一会，不知不觉中，凉露已沾湿了衣衫。两人刚刚回舱躺下，雄鸡报晓声就接连不断地传入耳中，江边寺庙的晨钟声也响了起来。整首诗虽然只是客观的叙说，但读者完全可以感受到两人的深厚情谊。

# 徐　𤊹

徐𤊹（bó，1570—1642），字惟起，更字兴公，闽县（今福建福州市）人。终生不仕。与其兄徐熥皆有诗名。有《鳌峰集》。

## 田园杂兴

春流一夜水平堤①，茭叶纵横荇带齐②。
分付儿童须爱惜③，莫驱鹅鸭浴前溪。

【注释】① 水平堤：溪沟池塘里的水漫涨，与堤岸齐平。② 茭：俗称茭白，又名菰，多年生水生植物，可食。荇（xìng）：

荇菜，多年生水生植物，叶子呈圆形，浮在水面，根生在水底，花黄色。③ 分付：同“吩咐”。须：必须。

【浅析】这首诗的出彩之处在后两句。溪沟池塘里的水生植物茭、荇之类因春雨的滋润而更显苍翠、茂盛，诗人因此叮嘱儿童不要驱赶鹅鸭入溪，以免破坏茭、荇的自然生长，扰乱眼前宁静而富有生机的田园景象。历来以赞赏笔调描写田园风光的很多，但还未见有人如此细心、如此关切的。

## 宋应星

宋应星(1587—?)，字长庚，奉新(今江西奉新县)人。明末科学家。曾任亳州知州等官职。他重视经世实用的学问，所著《天工开物》一书，是明代工农业生产技术的总结，为我国古代科技名著。另有《野议》、《谈天》、《论气》等。存诗不多。

### 怜愚诗①

一个浑身有几何②？学书不就学兵戈③。
南思北想无安着④，明镜催人白发多⑤。

【注释】① 怜愚：怜悯愚人。宋应星共作了 42 首《怜愚诗》。② 一个浑身：指人的一生。有几何：有多少时间。③ 这句是说，有人先去学文，没有成就，又转去学武。《史记》记载，项羽年轻时“学书不成，去学剑，又不成”。④ 南思北想：即现代人口语“东想西想”、“七想八想”的意思。无安着：没有固定的主意。⑤ 这句是说，每天早晨照照镜子，发现白头发又增多了。“明镜催人”是拟人化的手法。

【浅析】这首诗劝诫人们：无论是学习还是做事，都要有持之以恒的毅力，一旦确定了前进目标，就要坚定地走下去，这样才会有所成就。如果三心二意，见异思迁，东一榔头西一棒，只能落得个空耗岁月、一事无成的结局。

## 史可法

史可法（1601—1645），字宪之，号道邻，祥符（今河南开封市）人。崇祯年间进士。后任南京兵部尚书。崇祯皇帝死后，他在南京拥立福王南明小朝廷，加武英殿大学士，时称“史阁部”。因受权臣马士英排挤，出南京去扬州镇守。1645 年清兵南下攻扬州，他拒降固守，战败被俘，英勇就义。有《史忠正公集》。

### 燕子矶口占①

来家不面母②，咫尺犹千里③。
矶头洒清泪，滴滴沉江底。

【注释】① 燕子矶：在江苏南京市北郊观音门外长江边。山石直立江上，三面临空，形似燕子展翅欲飞，地势险要。口占：当场作诗，不起草稿。② 面母：面见母亲。③ 咫（zhǐ）尺：形容距离很近。古代以八寸为咫。

【浅析】1645 年，史可法受南明皇帝朱由崧之命，从扬州前来南京镇压明将左良玉的内讧。军至燕子矶，得知左良玉已死，他立即回师江北以抵御日益逼近的清兵。史可法虽已到达南京，却不能入城去拜见母亲，内心十分悲痛。这首诗就抒写了这样的心情。古人称心情沉重、悲痛之人的眼泪为“铅泪”。

此诗后两句说“泪沉江底”，正是由“铅泪”化出。设想的奇特，正表现了诗人无比沉重、悲切的心情。

## 黄淳耀

黄淳耀（1605—1645），字蕴生，号陶庵，嘉定（今上海嘉定区）人，崇祯年间进士。1645年，他参加嘉定人民抗清斗争，被推为首领。嘉定城破后，与其弟渊耀一道自缢。有《陶庵集》等。

### 田　家

田泥深处马蹄奔，县帖如雷过废村①。
见说抽丁多不惧②，年荒已自鬻儿孙③。

【注释】① 县帖：县衙门下发的文书。废村：荒芜的村庄。② 见说：听说。抽丁：抽壮丁去服劳役或兵役。③ 年荒：荒年。鬻（yù）：出卖。

【浅析】这首诗写了两个方面的内容：一是官府衙役拿着征调壮丁的文书，骑着快马神气活现地直奔乡下村庄而来，那急促的马蹄声如打雷似的让人害怕；二是村民们听说官府来抽丁毫不惧怕，因为他们遭受灾荒早把儿孙卖了，屋里已无丁可抽。田家的“不惧”从反面衬出官府的凶残，也说明田家早已处于家庭破碎的困厄境地。

## 京师人为严嵩语[1]

无名氏

可笑严介溪，金银如山积，刀锯信手施[2]。
尝将冷眼观螃蟹，看你横行到几时？

【注释】① 京师：京城。严嵩（1480—1569）：字惟中，号介溪，明嘉靖年间大臣。他担任内阁首辅21年，专擅国事，排斥异己，吞没军饷，陷害忠良，弄得战备废弛，国库空虚，民怨沸腾。晚年被革职，家产抄没，不久病死。② 信手：随手。施：施加。这句是说，严嵩为人心狠手辣，滥用刑罚，杀害与他意见不合的官吏。

【浅析】这首民谣揭露严嵩拼命搜刮财富的贪心，滥施刑罚残杀无辜的狠心，诅咒他最终将没有好下场。诗用舞爪横行、气势汹汹的螃蟹比作横行霸道的严嵩，贴切生动，入木三分。

# 清代（33首）

## 宋琬

宋琬(1614—1673)，字玉叔，号荔裳，莱阳(今山东莱阳市)人。顺治四年(1647)进士。顺治七年被人诬告与山东于七起义有关，下狱一个多月。顺治十八年任浙江按察使，又以同一事件满门被逮，关押三年。康熙十一年(1672)起补四川按察使。次年吴三桂作乱，蜀中失守，全家陷落，遂忧愤而卒。其诗多学杜甫，有《安雅堂全集》。



### 舟中见猎犬，有感而作[①]

秋水芦花一片明，难同鹰隼共功名[②]。
樯边饱饭垂头睡[③]，也似英雄髀肉生[④]。

【注释】① 原作有5首，这是第2首。② 隼(sǔn)：即鹘，鹰类中的一种，体形较小。③ 樯：桅杆。④ 英雄髀(bì)肉生：用三国刘备的典故。据《三国志·蜀志·先主传》注引《九州春秋》，刘备寄住荆州数年，有一次与刘表同坐，起而如厕，见大腿肉生，十分感慨地流下了眼泪。刘表见他迟迟回来，且面带悲情，便责怪了几句。刘备回答："我过去常常身不离马鞍，大腿上不见赘肉，如今不再骑马，大腿上长出了赘肉。岁月不居，人生易老，照此下去，将无所作为，功业不成，所以悲伤。"

后来就用“英雄髀肉生”借指生活安逸而壮志渐消，无所作为。

【浅析】首句点明事情发生在秋天，而秋天正是打猎的季节。人所熟知，猎犬与鹰隼，同为猎人打猎的重要助手。如今猎犬困处舟中，一无作为，自然不能与鹰隼一道去“建功立业”了。后两句描绘猎犬百无聊赖的神态，感慨它无用武之地，实际上蕴含着对当权者闲置人才、扼杀人才的批判。刘备典故的运用，大大拓展了该诗的思想深度。

## 吴嘉纪

吴嘉纪(1618—1684)，字宾贤，号野人，泰州(今江苏泰州市)人。他生活贫困，隐居家乡，一生没有做过官。由于生活在兵连祸结的时代，本人又身处社会底层，不少诗歌真实地反映了社会的动荡、人民的疾苦、个人的困顿。诗风苍劲，擅长白描，受前代诗人陶渊明、杜甫影响较深。有《陋轩诗集》。

### 绝　句

白头灶户低草房①，六月煎盐烈火旁。
走出门前炎日里②，偷闲一刻是乘凉③。

【注释】① 灶户：煎盐的农户。这句是说，白发苍苍的老盐民居住在低矮的茅草房里。② 这句是说，老盐民走出窒闷熏热的煎盐处所，来到门外的烈日之下。③ 一刻：一会儿。

【浅析】这首诗通过对一位煎盐老人在烈日下偷闲片刻便算是乘凉的描写，反衬出盐民的劳动是多么艰辛，遭受的苦难是多么深重。

## 毛先舒

毛先舒(1620—1688),字稚黄。一名骙,字驰黄,钱塘(今浙江杭州市)人。明末秀才。入清后,绝意仕进。是“西泠十子”之一。诗兼学唐宋。有《思古堂集》。

### 吴宫词①

苏台月冷夜乌栖②,饮罢吴王醉似泥。
别有深恩酬不得③,向君歌舞背君啼④。



**【注释】** ① 吴宫:指春秋时期吴王夫差的宫殿。② 苏台:即姑苏台,也称胥台,故址在今苏州西南的胥山上。相传台上有春宵宫,夫差与宫嫔在此彻夜饮酒作乐。③ 别有:另有。酬不得:无法酬报。④ 向君:面对着君王。

**【浅析】** 吴王夫差因贪图逸乐、宠爱西施、荒废政事而致亡国杀身的事,向来为文史学者所津津乐道。历代歌咏吴王、西施的作品不可胜数。如李白《乌栖曲》首两句云:“姑苏台上乌栖时,吴王宫里醉西施。”该诗重点在后两句。西施受越国派遣,用“美人计”来扰害吴国。她到吴国后深受吴王宠爱,也算是对她有恩吧,但她更明白越国对自己更有“深恩”,所以只能辜负吴王的宠爱了。末句用“歌舞”与“啼哭”这两个尖锐对立的词语,形象地表现出了西施内心的矛盾和痛苦。这个立意,过去的同类诗歌中从未有人说起,可见作者构思之新颖。

## 郑成功

郑成功（1624—1662），字明俨，号大木，原名福松，又名森，泉州南安（今福建南安市）人。南明隆武年间，唐王赐他姓朱，改名成功，时称“国姓爷”。以金门、厦门为根据地坚持抗清。南明永历十三年（清顺治十六年，1659）与张煌言合兵溯长江攻南京，兵败后退回福建沿海。康熙元年（1662）出兵驱逐荷兰侵略者，收复台湾。不久病死。

### 复台——即东都①

开辟荆榛逐荷夷②，十年始克复先基③。
田横尚有三千客④，茹苦间关不忍离⑤。

【注释】① 复台：收复台湾。东都：今台湾台南。② 荆榛：两种植物，为落叶灌木或小乔木，也泛称丛生的草木。这里喻指荒芜之地。郑成功在收复台湾、围困荷兰侵略者的过程中，曾采取屯垦方法发展生产，争取群众。荷夷：指入侵台湾的荷兰侵略者。③ 这句的意思是，经过十年艰辛努力，才战胜了敌人，恢复了先人的基业。郑成功的先人曾在台湾“会兵积粮”，经营多年，后离开台湾，台湾遂被“荷夷”侵占。④ 田横：战国时期齐国的贵族。汉王朝建立后，他率部众五百多人逃亡海岛。汉高祖命他到洛阳，他被迫前往，中途自杀。留在海岛的部众听说田横已死，也全部自杀。⑤ 茹苦：吃苦。间关：形容道路崎岖、艰险。

【浅析】1662年2月1日，侵占台湾的荷兰总督揆一在赤嵌城（今台湾台南地区）正式向郑成功呈上投降书，从而结束了荷兰侵略者对台湾38年的殖民统治。这首诗即是郑成功收复台湾后的抒怀之作。前两句概括了驱逐荷兰侵略者的不易,后两句借用历史典故,赞扬部下能与他同心同德,不畏艰危,跨海苦战,最终取得胜利。全诗在平实朴素的语言里寄寓了深沉的感慨。

## 王士祯

王士祯(1634—1711),字子真,一字贻上,号阮亭,又号渔洋山人,新城(今山东桓台县)人。官至刑部尚书。康熙时期是诗坛盟主,论诗主张“神韵”。他的诗和诗论一直到乾隆、嘉庆时期都有影响。有《带经堂集》等。



### 真州绝句[①]

江干多是钓人居[②],柳陌菱塘一带疏[③]。
好是日斜风定后[④],半江红树卖鲈鱼[⑤]。

【注释】① 真州:古州名,治所在今江苏仪征县,位于长江北岸。该题原有5首。② 江干:江边。钓人:渔民。③ 这句是说,江边堤岸上遍植柳树,堤岸下池塘里长着菱芰,这一带已显出稀疏冷落的秋日光景。④ 好是:最好的是。⑤ 红树:枫树之类。秋天时树叶经霜变成红色。鲈鱼:身体上部青灰色,两侧和背鳍有黑斑,肉味鲜美。

【浅析】这首诗写真州江边一个渔村在秋天傍晚的美丽景致。前两句点出江边渔村具有萧散疏朗的自然美,后两句以赞叹的笔调写出江村最诱人的美景是:红日西斜,江水平静;婆娑的枫树影倒映江中,清脆的卖鱼声回荡耳畔。由于后两句诗境界优美,色泽亮丽,当时不少画家都把它绘成图画。

## 吴永和

吴永和（生卒年不详），女，字文璧，江苏元和（今江苏苏州市）人。能诗赋。其丈夫董之璜是王士祯诗友。有《苔吟拾稿》。

### 虞　姬①

大王真英雄②，姬亦奇女子。
惜哉太史公③，不纪美人死④。

【注释】① 虞姬：项羽宠姬。一说虞姬是江苏常熟人。常熟有虞山，因以虞为名。《史记·项羽本纪》记载，项羽被汉军围困垓下，自知大势已去，就慷慨悲歌："力拔山兮气盖世……虞兮虞兮奈若何？"据说虞姬也应和了一首："汉兵已略地，四面楚歌声。大王意气尽，贱妾何聊生。"此诗《史记·项羽本纪》未载，关于虞姬的结局，《史记》中也没有记载。后人传说她在和歌之后便自杀了。今安徽灵璧县城东十五里有虞姬墓。② 大王：此指项羽。③ 太史公：指《史记》作者司马迁。他曾任太史令，在《史记》中，他发表评论时自称"太史公"。《史记》的原名就是《太史公书》。④ 纪：通"记"。

【浅析】这是首咏史诗，称赞虞姬是"奇女子"，并对《史记》未记载虞姬的最后结局表示遗憾。过去咏叹虞姬的诗歌也有，如宋代苏辙有《虞姬墓》，清代康熙年间的何溥有《虞美人》，他们都对虞姬表示了尊敬和同情，但都没有像这首诗那样把虞姬抬升到"奇女子"的高度，甚至还批评司马迁对虞姬重视不够，未能详细记下她的最后行状。由此可以看出女诗人的男女平等意识和妇女自主意识的增强。

## 龙 燮

龙燮(生卒年不详),字理侯,一字二为,号石楼、改庵、雷岸。望江(今安徽望江县)人。康熙时期任刑部主事等职。他在当时很有诗名,与王士祯等唱和。有《和苏诗》等。

### 咏 史

自古牛刀耻割鸡[①],匣中三尺气如霓[②]。
冯生只为鱼弹铗[③],更比鸡鸣狗盗低[④]。



【注释】① 这句是说,自古以来,人们都把用宰牛刀去杀鸡作为耻辱。牛刀割鸡,喻大材小用。② 匣(xiá)中三尺:指剑。匣:藏剑的匣子。三尺:一般宝剑的长度为三尺。气如霓:指剑气上升,闪闪发光,如天上的虹霓。③ 冯生:冯讙(huān),一作冯谖(xuān),战国时齐国孟尝君门下的食客。他开始没有受到重视,住下等房,食下等菜,很不高兴,于是弹铗(jiá,剑柄)而歌:"长铗归来乎,食无鱼。"以后又歌了两次:"长铗归来乎,出无舆(车)";"长铗归来乎,无以为家"。④ 鸡鸣狗盗:指孟尝君手下的两个门客,一个善学鸡叫,一个善学狗吠,偷窃本领高强。一次,孟尝君被秦国扣留,一个门客用装狗吠的办法夜入秦宫,偷出狐裘,献给秦王宠姬,孟尝君才获释。随后又一个门客学鸡叫,骗开了城门,孟尝君才脱离险境回到齐国。

【浅析】这首诗吟咏历史人物冯讙。诗人认为,冯讙虽然是个人才,以后也为孟尝君立过大功,但他当初为个人待遇而三次闹情绪,思想境界很低,还不如被人们所鄙夷的学鸡鸣、学狗盗的门客。诗的开头两句，用生动的形象表明作者的基本态度：有大才、真才的人应该在大事上发挥作用，而不应在小事上纠缠。这就为后两句起了“定调子”的作用。

## 查慎行

查慎行(1650—1727)，字夏重，又字悔余，号初白，海宁(今浙江海宁市)人。做过翰林院编修等官。他受业于黄宗羲，足迹几乎遍及中国。多行旅诗，对民间疾苦也有反映。有《敬业堂诗集》等。

### 舟夜书所见

月黑见渔灯，孤光一点萤①。
微微风簇浪②，散作满河星。

【注释】① 这句是说，孤零零的一盏渔灯，发出萤火虫般微茫的光亮。② 风簇浪：风吹动着、推聚着水浪。簇，簇拥。

【浅析】这首诗写的是作者在舟中夜行途中所见到的河面景象。那是一个月黑云浓的夜晚，放眼四望，一无所见，只有一盏渔灯在忽隐忽现地闪烁。微风吹拂，兴起了层层细浪，倒映在水面上的一团灯光随着水波的荡漾向四处扩散，好似满河面都有了星星的闪光。诗人对景物观察细致，“一点萤”、“满河星”的比喻也极为贴切、稳妥。

## 沈德潜

沈德潜(1673—1769)，字确士，号归愚，长洲(今江苏苏州市)人，66

岁始中举人,次年举进士。其诗歌才能受到乾隆皇帝赏识,官至内阁学士兼礼部侍郎。1749 年辞官返乡,97 岁逝世。论诗强调“温柔敦厚”、“中正和平”。选编《唐诗别裁集》、《明诗别裁集》、《清诗别裁集》,流传广泛。著有《沈归愚诗文全集》。

## 西湖嬉春绝句①

葛坞旧为师相宅②,半闲堂外断人行③。
蟋蟀斗馀军务了④,不应更说救樊城⑤。

【注释】① 西湖:指杭州西湖。嬉春:游春。② 葛坞:即葛岭,在西湖北岸,海拔 166 米,是观赏西湖胜景的佳绝处。师相:指贾似道。宋度宗封他为太师、平章军国重事(相当于宰相),并赐葛岭宅第。③ 半闲堂:葛岭贾府的一个厅堂名。断人行:无人行。④ 军务了:了结了军务。这句的意思是,贾似道在半闲堂玩斗蟋蟀,斗完了蟋蟀就算办完了军国大事。⑤ 樊城:地名,今属湖北襄阳市。元朝军队围攻襄阳几年,贾似道隐瞒战情,只顾自己玩乐,不派军队求援。后襄阳陷落,元兵沿江东下,很快灭了宋王朝。

【浅析】从题目上看,这是首游春赏景诗,但实际上是一首咏史怀古诗。诗人游至葛岭,想起南宋末年奸相贾似道在此拥有宅第,纵情逸乐,最终导致了南宋王朝的覆灭,便写了这首讽刺诗。作为朝廷重臣,贾似道不注重事关社稷存亡的襄阳之战,而是热衷于小儿的蟋蟀之战,实在是荒唐之极、可恨之极。该诗并没有直接、正面地谴责贾似道,然而“蟋蟀斗馀军务了”一句,就足以看出诗人的愤慨态度了。

# 黄　任

黄任(1683—1768),字于莘,一字莘田,号十砚老人,永福(今福建永泰县)人。康熙四十一年(1702)举人,做过四会(今属广东)知县。后被人嫉妒,遭弹劾,罢官归里。工诗善书,擅写七言绝句。有《秋江集》,一名《香草斋诗钞》。

## 戏示寮友①

常参班里说归休②,都作寒暄好话头③。
恰似朱门歌舞地④,屏风偏画白蘋洲⑤。

【注释】①寮(liáo)友:一起做官的友人。寮:通“僚”,同官。②常参:指大臣定时朝见皇帝。也指下级官员定时参拜上司。班:行班,队列。归休:归田休息。③寒暄(xuān):见面时说些天气冷暖之类的应酬话。好话头:好话题。④朱门:朱漆大门,代指富贵人家。⑤白蘋(píng)洲:长满了白色蘋草的水中沙洲。蘋是一种生于浅水中的蕨类植物。

【浅析】这是一首用游戏笔墨写给同僚看的小诗。大概作者和他的同僚在参见上司过程中时常听同僚说些“做官难,做官没意思,不如早早归田去过逍遥生活”的愤激之语,便作此诗给同僚看。表面上是开玩笑,其实有讽刺意,讽刺同僚内心舍不得功名利禄,外表却摆出满不在乎的清高模样。就像那些达官贵人,无不贪图轻歌曼舞的奢华生活,却在屏风上画了些白蘋洲之类的自然风光以显示其淡泊之志。“恰似”两字,分量很重,巧妙地讽刺了表里不一的同僚。前人说此诗婉而多讽,确实说到了点子上。

## 郑燮

郑燮(xiè,1693—1765),字克柔,号板桥。兴化(今江苏兴化市)人。早年家贫。他是康熙秀才,雍正举人,乾隆进士,曾任范县(今河南范县)、潍县(今山东潍县)县令十多年。后因帮助农民打官司及为灾民请赈济得罪权豪而离职。做官之前及离任后在扬州以卖画为生。擅画兰竹,为“扬州八怪”之一。诗歌多暴露黑暗、同情百姓之作。有《板桥集》。

### 潍县署中画竹,呈年伯包大中丞括[1]

衙斋卧听萧萧竹[2],疑是民间疾苦声。
些小吾曹州县吏[3],一枝一叶总关情[4]。

**【注释】**① 署中:官署里。年伯:原指与父亲同一年参加科举考试中第的长辈,后成为对父辈的泛称。包大中丞括:包括,乾隆七年任山东布政使,署理巡抚,清朝时称巡抚为中丞。“中丞”前加“大”,表示尊敬。② 衙斋:县衙里的书房。萧萧:象声词,风吹竹林发出的声音。③ 些小:形容官职低微。吾曹:我们。④ 一枝一叶:比喻老百姓的任何一点小事情。关情:同自己的感情密切相关。关,涉及,参与。

**【浅析】**这首诗非常突出地表现了作者关心民间疾苦的高尚精神。卧听风吹竹林声,本是件悠闲自得的事儿,诗人却一下联想到了“民间疾苦声”,可见他时刻把下层民众的冷暖饥饱挂在心头。后两句正面抒怀,进一步强调自己与平民百姓息息相通的感情。诗歌由“画竹”发端,归结到系念天下百姓上,不仅构思精巧,更是诗人美好心灵的坦露。

## 竹 石

咬定青山不放松[①]，立根原在破岩中[②]。
千磨万击还坚劲[③]，任尔东西南北风[④]。

【注释】① 这句是说，竹子长在青青山石间，好像紧紧咬住似的，毫不放松。② 破岩：怪石嶙峋的山岩。③ 这句是说，扎根在岩石里的竹子虽然经受过无数次风吹雨打的磨难，但仍然顽强地生长着。④ 任：任凭，听凭。尔，你，指大自然。

【浅析】这首诗所描写的竹子扎根于破岩，又常遭受狂风暴雨的欺凌、摧残，生存环境十分恶劣，但它仍能傲然屹立于青山之巅。诗人赞美竹子的顽强生命力和不屈不挠的斗争精神，也寓托了他本人刚直不阿、始终如一的处世原则。

### 严遂成

严遂成（1694—?），字崧瞻，号海珊，乌程（今浙江湖州市）人。雍正二年进士，乾隆元年举荐博学鸿词。任过知州等官职。诗思豪迈奔放。有《海珊诗钞》。

## 安肃道中[①]

水粼粼渌菜畦香[②]，塔影如龙卧夕阳。
高柳乱蝉风不住[③]，残声曳过浣衣塘[④]。

【注释】① 安肃：古县名，今河北徐水县。② 粼（lín）粼：形容水波荡漾。渌（lù）：这里是形容水色清澈澄绿。③ 乱蝉：

蝉很多,鸣声乱成一片。曳(yè):拖,拉。这里是“传”的意思。浣衣:洗衣。

【浅析】这首诗写作者在安肃旅途中所见到的宁静秀丽的自然风光。前两句写所见,后两句写所闻。蝉声的聒噪、远传,是“鸟鸣山更幽”的笔法,非但不破坏全诗的宁静美,反而添加了乡野风光的诱人魅力。一个“曳”字,化无形为有形,十分传神,很能见出诗人的炼字功夫。

## 厉　鹗

厉鹗(1692—1752),字太鸿,号樊榭,钱塘(今浙江杭州市)人。康熙五十九年(1720)举人,乾隆时召试博学鸿词科,不中。喜读书,好漫游,著述甚多,是清代中期著名的词家和诗人。所著《宋诗纪事》有一定影响,另有《东城杂记》等。

### 泛舟鉴湖[1]

露冷红衣已卸香[2],镜心何处出新妆[3]?
菱歌未断西风起[4],八月凉于五月凉。

【注释】① 鉴湖:又叫镜湖、长湖、大湖,在浙江绍兴市南1.5公里。鉴湖水质特佳,驰名中外的绍兴酒即用鉴湖水酿造。② 红衣:指红色的荷花。卸香:指荷花凋谢,香气消散。③ 镜心:镜湖湖心。新妆:指妆扮一新的采菱姑娘。这一句从唐诗“越女新妆出镜心”(张籍《酬朱庆馀》)化出。④ 菱歌:采菱姑娘所唱的歌谣。

【浅析】前两句写眼中所见:秋露降临,凉意渐浓,艳红的荷花已经凋谢，不过，镜湖中心不知从哪儿又来了一群打扮靓丽的姑娘。后两句写听觉、感觉：美妙动听的菱歌尚在空中传响，飕飕的西风已从湖面吹过，带来了比五月凉风还要沁人肌骨的凉意。短短四句，写出了由于节令转换而导致的镜湖美景的变化以及作者的敏锐感受。结句用两个"凉"字，似有重复，其实是口语化的表达方式，真实地表现了作者当时的生理、心理反应。

## 袁　枚

袁枚（1716—1798），字子才，号简斋、随园老人，钱塘（今浙江杭州市）人。乾隆四年（1739）进士。曾任江宁、溧水等地知县。40岁辞官，在江宁小仓山（在今南京市清凉山东面）筑园（名随园）居住。他的诗流利新巧，多写生活感受，但反映现实不够。论诗主张写真性情，创"性灵说"。有《小仓山房集》、《随园诗话》等。

### 谒岳王墓①

江山也要伟人扶②，神化丹青即画图③。
赖有岳于双少保④，人间才觉重西湖⑤。

【注释】① 谒（yè）：谒见，朝拜。岳王：指南宋民族英雄岳飞。他在死后被追封鄂王。岳王墓在今浙江杭州市栖霞岭下、西湖边的岳飞庙中。② 伟人：伟大的人物。扶：扶持。③ 丹青：红色和青色的颜料。即：就是。这句是说，伟人的精神化作绘画用的各色颜料，绘成了西湖美丽如画的景色。④ 赖：依赖，依靠。岳于双少保：指岳飞和明代民族英雄于谦。

他们两人都因战功被封为少保。于谦墓在杭州市三台山之麓，临近西湖。⑤ 重：看重，重视。

【浅析】诗人游览西湖谒岳王墓，连带想起另一位葬在西湖附近的民族英雄于谦。他觉得西湖风景之所以会如此秀丽，是因为由英雄的崇高精神所化成；人们之所以会特别看重、喜欢西湖，是因为英雄的忠骨埋葬在这里。透过诗人奇特的幻想、夸张的笔调，可以看出他对岳飞、于谦等英雄人物的高度景仰。



## 所 见

牧童骑黄牛，歌声振林樾[①]。
意欲捕鸣蝉[②]，忽然闭口立。

【注释】① 振林樾（yuè）：在树林里振响。樾，树阴。② 意欲：想要。

【浅析】牧童骑着黄牛，逍遥自在地在村间边放牧边展喉高歌。忽然，他发现前面枝干上有只蝉正在起劲鸣叫，心头一阵惊喜，赶紧闭口停了下来。诗人通过刻画牧童由"信口高歌"突改为"有意闭口"的细节变化，生动地写出了牧童的天真烂漫、活泼机智。

## 苔[①]

白日不到处[②]，青春恰自来[③]。
苔花如米小，也学牡丹开。

【注释】① 苔：苔藓植物，呈绿色，生长在阴湿的地方。根、茎、叶的区别不明显。② 白日：太阳。不到处：照不到的地方。③ 青春：指苔生长得很茂盛，有青春活力。

【浅析】前两句描写苔能在艰苦环境下很好生长的特性，后两句赞扬它花小志不小的气概。历来写咏物诗的很多，但很少有人注意到苔这种不起眼的小植物。袁枚敏锐地抓住苔的基本特征，并赋予它鲜明的、可贵的性格，可见诗人善于发掘别人所忽视的题材，善于联想生发。

## 箸[①]

笑君攫取忙[②]，送入他人口。
一世酸咸中[③]，能知味也否？

【注释】① 箸（zhù）：筷子。② 君：指筷子。攫（jué）取：抓取。③ 这句的意思是，筷子一世忙碌不停，处于酸咸之中。

【浅析】这首咏物诗与《苔》一样，同样选取了他人所未曾关注的题材。筷子并无生命、意识，当然不会品尝到各种精美食品的滋味。该诗用拟人手法，嘲笑筷子空忙一世，显然是另有寄托。诗人要嘲讽的，很可能是那些为虎作伥的歹恶小人。结句用诘问句式，增强了讽刺效果。

## 高　鼎

高鼎，字象一，又字拙吾，仁和（今浙江杭州市）人，大约生活在咸丰年间（1851—1861），其他情况不详。

## 村居

草长莺飞二月天[1]，拂堤杨柳醉春烟[2]。
儿童散学归来早[3]，忙趁东风放纸鸢[4]。

【注释】① 二月天：农历二月天气。② 这句是说，在春天迷蒙的烟云雾气里，长长的杨柳枝条下垂到地面，被风吹动得前晃后摇，像饮醉了酒似的在拂拭堤岸。③ 散学：放学。④ 纸鸢(yuān)：鸢鸟形状的风筝。

【浅析】这首诗表现的是作者居住在乡野农村所见到的春天风光。前两句写自然景物，生气蓬勃；后两句写儿童放飞风筝，童趣盎然。一个"忙"字，精确地表现出农村孩童的活泼、顽皮。全诗选材谨严，语言流畅，形象性强，读来如身历其境。



## 曹雪芹

曹雪芹(1724—1764)，名霑，字号有雪芹、芹圃、芹溪、梦阮等，汉军正白旗人。祖上居今辽宁铁岭西南郊，降清后为内务府包衣(奴仆)。祖父曹寅，父辈曹顒、曹頫三代世袭江宁织造，显赫一时。曹雪芹幼时锦衣玉食，后因家族败落，生活陷于困顿。晚年居北京西郊，更加潦倒。因悲伤于唯一的爱子夭折，一病不起，与世长辞。他能诗善画，学养博厚，所创作的长篇小说《红楼梦》是我国古典小说中思想性和艺术性最高的作品之一。

### 自题一绝[1]

满纸荒唐言，一把辛酸泪。
都云作者痴[2]，谁解其中味[3]？

【注释】①自题一绝：自己题写的一首绝句。这首诗见《红楼梦》第一回，是小说中作者以自己身份来写的唯一的一首诗。② 都云：都说。③ 谁解：谁懂得。

【浅析】在小说《红楼梦》的“缘起”中，作者假托此书底稿是空空道人从石头上抄来的，此后曹雪芹“披阅十载，增删五次，纂成目录，分出章回，又题曰《金陵十二钗》”，然后题上了这首诗。首句说本书都是虚构的故事，同时不乏荒唐的情节；次句点明全书包含着作者种种辛酸的生活感受。后两句道出了作者的担忧：读者恐怕都要笑我“发痴”，写出这样一部“荒唐”之作，有谁能真正理解我的创作苦衷和书中的深意呢？确实，自《红楼梦》问世二百多年来，对它的素材来源、创作意图、思想艺术价值等的评价历来众说纷纭。阅读这首诗，我们至少可以知道，曹雪芹是饱含着“辛酸泪”创作《红楼梦》的，《红楼梦》绝不是一般的才子佳人之作，而是大有深意的。

## 赵　翼

赵翼（1727—1814），字云崧，号瓯北，阳湖（今江苏常州市）人，乾隆二十六年（1761）进士。曾任翰林院编修、贵西兵备道等职。晚年辞官家居，主讲安定书院。对历史学有研究。诗歌工巧奇警，才气很足。论诗主张推陈出新，反对模拟。有《瓯北诗集》等。

### 论　诗①

李杜诗篇万口传②，至今已觉不新鲜。
江山代有才人出，各领风骚数百年③。

【注释】① 论诗:评论诗歌。该题原有5首。② 李杜:唐代大诗人李白、杜甫。③ 领风骚:领导文坛,开创一代诗风。风骚,本指古代优秀诗歌《诗经·国风》和《离骚》,后世用作诗文的代称。

【浅析】新陈代谢是宇宙间的普遍规律。这首诗指出,诗歌创作要随着时代的发展而发展,优秀人才也是历朝都有、层出不穷的,因此,不要泥古不化,不要过于尊崇古人而失去自己的创新活力。这种用变化的、发展的观点分析问题的方法会给人们多方面的启发。当然,诗人说李杜诗篇"至今已觉不新鲜",只是为了强调诗歌创作要"争新"、"独创",并非全盘否定李杜诗歌的伟大成就。



## 漓江舟行[①]

舟行连日上滩迟[②],稍喜扬帆疾若驰。
才得顺风河又转,世间那得称心时。

【注释】① 漓江:一名桂江,在广西桂林。② 上滩迟:指逆水而上,速度迟缓。

【浅说】这首诗前三句写诗人在漓江乘舟航行的一次经历:由于逆水行舟,连续几天船都走得很慢。忽然风向转了,艄公扬起风帆,航船疾行如骏马奔驰,诗人不禁大喜。岂料河道转折,刚才的顺风刹那间又变成了逆风,快船顿时慢了下来。最后一句,是诗人由此而产生的联想:世上人间之事也同样如此,想永远一帆风顺、称心如意是不可能的。诗人由"舟行"小事悟出普遍的人生哲理,充分表现出他思维的发散性和敏锐性。

## 张维屏

张维屏(1780—1859)，字子树，号南山，广东番禺(今广东广州市)人。道光二年(1822)进士，担任过知府等官职。因不满官场腐败，于道光十六年辞官归乡。曾与林则徐、龚自珍、魏源等结成“宣南诗社”。鸦片战争期间，写了《三元里》等一系列爱国诗篇。有《张南山全集》。

### 新　雷①

造物无言却有情②，每于寒尽觉春生。
千红万紫安排着③，只待春雷第一声。

【注释】① 新雷：春天的第一声惊雷。② 造物：古人认为天地间有一个创造万物的神力，叫做“造物”。类似于基督教徒称上帝为造物主。③ 安排着：安排妥当。

【浅析】诗人认为，“造物”虽然不言不语，但他对人类和自然界是有情意的，在严冬寒意未尽时已作了巧妙安排，只等天空响起第一声春雷，色彩绚丽的百花就会次第开放。这首诗写于道光四年(1824)，正处于鸦片战争前夕，诗人咏赞“新雷”，寄托着他坚信时代进步、呼唤社会改革的思想。

## 龚自珍

龚自珍(1792—1841)，字瑟人，号定庵，仁和(今浙江杭州市)人。道光九年(1829)进士。任内阁中书、礼部主事等职。道光十九年辞职回到杭州。不久逝世于丹阳云阳书院。他是近代改良主义运动的启蒙思想家，诗歌愤世忧国，饱含爱国激情，风格瑰丽清新。有《定庵全集》。

## 己亥杂诗(浩荡离愁)①

浩荡离愁白日斜②,吟鞭东指即天涯③。
落红不是无情物④,化作春泥更护花。

【注释】① 己亥:己亥年,即 1839 年。这年农历四月,他辞官从北京回杭州,后来又北上迎取家眷。在这八九个月时间里,共写了 315 首七绝,总称《己亥杂诗》。这是其中的一首。② 浩荡:广阔。离愁:离别之愁。白日斜:夕阳西斜。③ 吟鞭:即马鞭。诗人边乘马边挥鞭吟诗,故有此称。这句的意思是,骑马挥鞭出北京城东,从此就像到了天涯,再也不会回来了。④ 落红:落花。

【浅析】诗人虽然辞官回家,但内心仍对京城有所留恋,所以前两句有"离愁"、"天涯"之类悲伤的词汇。但是,他并不是真的从此忘怀国事了,后两句即用暗喻的手法,抒发自己虽然去职,但仍愿为国效力的志向。"落红"两句,意象鲜明,事理贴切,比喻精当,历来脍炙人口。

## 贝青乔

贝青乔(1810—1863),字子木,号无咎,吴县(今江苏苏州市)人。鸦片战争时期出于爱国激情,自愿投军,做清朝大臣奕经的幕僚。他在浙东上过火线,到沦陷区宁波刺探敌情。写了不少诗歌颂爱国英雄,讽刺腐败无能的官僚。著有《咄咄吟》等。

## 咄咄吟①

瘾到材官定若僧②，当前一任泰山崩③。
铅丸如雨烟如墨④，尸卧穹庐吸一灯⑤。

【注释】① 咄(duō)咄吟：作者根据在浙江的亲见亲闻所写的讽刺诗。该题原有150首。咄咄，感叹词，表示惊讶。晋代殷浩北伐失败后被削职为民，整天用手指在空中写“咄咄怪事”四个字。诗题来源于此。② 材官：汉代武官名。这里指奕经部将张应云。当时有两路清军正与英国侵略军作战，张应云本应该出兵支援，却因烟瘾发作，不能做事。等到吸足鸦片，敌人已迫近，匆忙乘轿逃走。这句是说，清军武将张应云的鸦片烟瘾发作时，他躺下一心吸烟，就像僧人坐禅入定那样纹丝不动。③ 当前：眼前。一任：任它，随它。一，语气助词。④ 铅丸：枪弹。烟如墨：硝烟弥漫，墨黑一团。⑤ 尸卧穹庐：像僵尸一样躺在军帐里。穹庐：圆顶帐篷。吸一灯：凑着一盏烟灯在吸鸦片。

【浅析】枪弹如雨，硝烟如墨，战斗十分激烈，身为武将的张应云却全然不顾，忙于吸鸦片烟。这样的军队怎么可能不打败仗呢？诗人把紧张危急的形势喻为“泰山崩”，把张应云一心吸烟喻为“定若僧”，通过对照，表达了自己的愤慨和斥责。

## 杨昌浚

杨昌浚（生卒年不详），字石泉，湘阴（今湖南湘阴县）人。任浙江巡抚、陕甘总督等。光绪年间曾随左宗棠去新疆平定外国侵略势力。有《平定关陇纪略》等。

## 恭颂左公西行甘棠[①]

上相筹边未肯还[②]，湖湘子弟遍天山[③]。
新栽杨柳三千里，引得春风度玉关[④]。

【注释】① 恭颂：恭敬地祝颂。左公：左宗棠（1812—1885），清朝大臣，镇压过太平军。光绪元年（1875）任钦差大臣督办新疆军务。此年大举出兵新疆，击败俄、英支持的阿古伯侵略军，收复除伊犁以外的天山南北各地。他主张加强边防，开发新疆。甘棠：本是《诗经》中的篇名，是人们思念周文王之子召伯所作之诗。后用作称颂官吏政绩的词语。② 上相：对左宗棠的敬称。筹边：筹划边疆事务。③ 湖湘子弟：指左宗棠所统帅的军队。湖湘，本指洞庭湖、湘江，是湖南境内两大江湖，代指湖南。左宗棠是湖南人，他手下的人马也大都是湖南人。天山：山名，横贯新疆中部，西端伸入中亚、西亚，全长2500公里，宽250—300公里。④ 玉关：关名，即玉门关，古代经河西走廊通往西域的重要关隘，故址在今甘肃敦煌西北小方盘城。这句诗从唐代诗人王之涣《凉州词》"春风不度玉门关"句化出，形容玉门关外绿荫千里，春意盎然，与内地连成一片。

【浅析】这首诗歌颂左宗棠收复新疆失地、开发新疆的功绩。王之涣《凉州词》说："黄河远上白云间，一片孤城万仞山。羌笛何须怨杨柳，春风不度玉门关。"该诗后两句结合左宗棠军队西行途中不断种植杨柳的实际，化用了唐诗名句，立意新颖，构思巧妙。

## 沈汝瑾

沈汝瑾(1858—1918)，字公周，号石友，常熟(今江苏常熟市)人。他擅长吟咏、书法、篆刻，多才多艺。有《鸣坚白斋诗集》。

### 咏　蝉

只在梧桐杨柳枝，声声叫彻夕阳时①。
置身高处称知了②，毕竟何曾一事知。

【注释】① 叫彻：叫个不停。② 知了：蝉的别名。

【浅析】蝉栖息在高大的梧桐、杨柳枝条上，每当夕阳黄昏，便“知了—知了”地鸣叫个不停。诗人讽刺称为“知了”的蝉其实一点儿也不懂事，是借题发挥，讽刺的矛头明显地指向那些身居高位、好唱高调、自以为是、不学无术的昏庸官僚。历来咏蝉诗很多，但尚未见有如此立意的。

## 康有为

康有为(1858—1927)，字广厦，号长素，又号西樵山人，南海(今广东南海市)人，人称南海先生。光绪二十一年(1895)进士。光绪十五年(1889)，他上书皇帝请求变法。1898年，维新变法运动失败，他逃亡国外，组织保皇会。辛亥革命后回国，积极参与复辟活动，反对民主革命。他早期的诗歌抒发变革热情，想象丰富，用语瑰奇。戊戌政变后，所作诗歌多悲怆低回之音。有《南海诗集》等。

# 过虎门[1]

粤海重关二虎尊[2]，万龙轰斗事何存[3]？
至今遗垒馀残石[4]，白浪如山过虎门。

【注释】①虎门：在广东珠江出海咽喉的穿鼻洋，东西有大、小虎山相对如门，所以称虎门，是海防要塞。鸦片战争期间，虎门炮台屡次挫败英国侵略军的进犯。② 粤（yuè）海：指虎门一带的海面。粤，广东省的别称。重关：鸦片战争前夕，林则徐、关天培在虎门一带设置三道防线，所以称“重关”。二虎尊：是说大小虎山威风凛凛地蹲在那里监视着海面。尊，同“蹲”。③ 万龙轰斗：指林则徐指挥虎门炮台与侵略军展开激烈的炮战。事何存：当初的战事还存有哪些遗迹呢？④ 遗垒：留存下来的堡垒。这句是说，事到如今，虎门炮台只剩下了一堆堆乱石。

【浅析】清光绪十三年（1887），康有为路经虎门，看到昔日大显神威的虎门炮台已成为一片废墟，只有滔滔白浪仍在排山倒海般地涌进虎门，不禁感慨万端。他想起林则徐精心构筑炮台，坚决反击入侵者，而他的继任者两广总督琦善却实行投降政策，尽撤海防，致使虎门一带军事设施尽为英军所拆毁。是非功罪，又怎能没个说法呢？此诗虽以写景为主，但前、后两联暗寓了作者对林则徐等抗战派的赞颂和对琦善等投降派的怨恨。

## 丘逢甲

丘逢甲(1864—1912)，字仙根，号仓海，台湾苗栗县人。光绪十五年(1889)进士，官工部主事，曾在台中、台南各书院讲学。1894年甲午战争后，台湾地区被割让，丘逢甲组织义军抗日，因弹尽援绝，离台湾到广东，推行新学，曾任广东教育总会会长、南京临时政府参议员。诗受杜甫、陆游影响，多抒发爱国热忱。有《岭云海日楼诗钞》。

### 元夕无月①

三年此夕月无光②，明月都应在故乡。
欲向海天寻月去，五更飞梦渡鲲洋③。

【注释】① 元夕：元宵节，在农历正月十五日。此题原有5首。② 三年：此诗作于1898年，诗人离台已有三年。此夕：指元夕这一天晚上。③ 五更：旧时一夜分成五更，每更大约2小时。飞梦：梦中飞行。鲲洋：指台湾海峡。台湾外海有七鲲身、青鲲身、南北鲲身等小岛屿，故有此称。

【浅析】元宵月圆，本是赏月的好时光，但诗人离台后接连三年的元宵都没有见到团圆明月。他由此生发奇想：明月应在故乡。五更梦中，他果然腾空飞翔，越过台湾海峡，回到了故乡。诗人以“寻月”为构思出发点，运用浪漫主义创作手法，曲折地表达了他对沦陷于日寇之手的故乡的思念之情。

## 谭嗣同

谭嗣同(1865—1898)，字复生，号壮飞，湖南浏阳人。1894年中日甲午战争后，他爱国热情高涨，发愤钻研和提倡新学，宣传变法维新，救亡图存。1898年参加康有为、梁启超领导的维新运动，是骨干之一。变法失败，朋友劝他出奔避难，他坚决拒绝，表示要以鲜血唤醒国人。后被捕入狱，慷慨就义。他的诗激情澎湃，风格壮阔。有《莽苍苍斋诗》。

## 有感一章①

世间无物抵春愁②，合向苍冥一哭休③。
四万万人齐下泪④，天涯何处是神州⑤？

【注释】① 有感：有所感触。一章：一首。② 抵：抵得过。春愁：对于春天消逝的忧愁。这里是比喻的说法，指对于国事飘摇、国势衰微的忧愁。③ 合：应该。苍冥：苍天。一哭休：痛哭一场才罢休。④ 四万万人：当时中国人口有四万万。⑤ 这句的意思是，全世界哪儿还有中国的地位啊。当时中国羸弱，总是遭外国列强欺凌，失去了泱泱大国的地位，所以诗人这样说。神州：战国时驺衍称中国为“赤县神州”。后世用它作为中国的代称。

【浅析】这首诗作于1896年春天。鸦片战争后，中国被列强宰割，国势日衰，1894年爆发中日甲午战争，中国又被打败。1895年4月，日本政府强迫清政府签订马关条约，主要内容有中国割让台湾、赔偿日本军费二万万两等。中国已到了岌岌可危的地步。谭嗣同面对如此深重的民族危机，如此腐败无能的政府，心痛如绞，愤恨不已。这首诗抒发了他对于国事的无限忧伤和悲痛。

## 徐锡麟

徐锡麟(1873—1907)，字伯荪，浙江绍兴人。1904年与蔡元培等组织光复会，密谋推翻清政府。1906年，为掩护革命活动，捐资入官，被委任为安徽武备学堂副总办等职。后与女革命家秋瑾约定1907年7月中旬在皖、浙两省同时起义，因清政府有所觉察，他提前行动，枪杀了安徽巡抚恩铭，被清军逮捕，从容就义。

### 出　塞①

军歌应唱大刀环②，誓灭胡奴出玉关③。
只解沙场为国死④，何须马革裹尸还⑤。

【注释】①出塞：本是乐府旧题，后人多用此题反映军旅、边塞生活。② 大刀环：战刀柄上有环，环和“还”谐音，所以用它隐喻胜利而还。这句是说，战士出征，应该高唱胜利之歌凯旋。③ 胡奴：对清朝统治者的蔑称。玉关：玉门关。这里泛指出征，并不是实指。④ 解：懂得。⑤ 何须：何必要。马革裹尸：出自《后汉书·马援传》。马援说，男子汉要死就死在边疆战场上，然后用马皮裹着尸体运回家乡埋葬就行了。

【浅析】该诗写出作者与腐朽反动的清朝统治者誓不两立、坚决推翻它的决心。从诗中可以看出，他既有夺取胜利的信心，也做好了壮烈牺牲的思想准备。马援有“以马革裹尸还葬”的豪言壮语，历来受到人们的称赞。徐锡麟则说“何须马革裹尸还”，精神境界更要高出一层。

## 梁启超

梁启超(1873—1929),字卓如,号任公,别号饮冰室主人,广东新会人,康有为的学生。戊戌变法失败后逃亡日本,与康有为组织保皇党,主张君主立宪,反对民主革命。辛亥革命后回国。晚年在清华大学讲学。他在晚清文坛很有影响,鼓吹"诗界革命"、"小说界革命",倡导"新文体"。有《饮冰室合集》。

### 太平洋遇雨

一雨纵横亘二洲①,浪淘天地入东流②。
却馀人物淘难尽③,又挟风雷作远游④。

【注释】① 亘(gèn):横贯。这句是说,一场大雨,遍及亚洲、美洲。因为太平洋东连美洲,西接亚洲,诗人是在太平洋上遇雨,所以这样说。② 这句是说,在船中远望,太平洋浪涛汹涌,滚滚向东,好像在荡涤天地。③ 却:还,仍然。这句反用了苏轼《念奴娇·赤壁怀古》词"大江东去,浪淘尽千古风流人物"的句意,是说自己在变法失败后免遭劫难,仍然活在世上。④ 挟(xié):夹持。风雷:震撼天地的急风迅雷。这里喻指作者变革社会的雄心大志。

【浅析】这首诗作于1899年。当时戊戌变法已经失败,作者流亡海外前往美洲途中。前两句写航行太平洋所见到的大雨滂沱、海浪如山的景象;后两句由"浪淘天地"转出新意,表明自己只要一息尚存,仍要坚持斗争,去实现理想。全诗由景生情,借景抒怀,气势雄浑,境界壮阔。

## 秋　瑾

秋瑾（1875—1907），字璿（xuán）卿，后改字竞雄，自号鉴湖女侠，浙江绍兴人。1904年春去日本留学，加入革命团体光复会和同盟会。1906年回国后，主办女学，提倡女权。1907年主持绍兴大通学堂。和徐锡麟筹建光复军，图谋推翻清政府。同年7月，徐锡麟在安徽壮烈牺牲。不久，秋瑾也被清军逮捕，就义于绍兴轩亭口。她的诗感情激烈，风格雄健。有《秋瑾集》。

### 对　酒

不惜千金买宝刀，貂裘换酒也堪豪①。
一腔热血勤珍重②，洒去犹能化碧涛③。

**【注释】** ① 貂裘换酒：出自李白《将进酒》中的“五花马，千金裘，呼儿将出换美酒，与尔同销万古愁”。貂裘，用貂皮做成的大衣，很珍贵。也堪豪：也说得上很豪放了。② 一腔热血：指生命。③ 碧涛：碧色波涛，喻指革命洪流。

**【浅析】** 秋瑾作有古体诗《宝刀歌》。她歌咏宝刀，实际上是颂扬革命的武装斗争。所以该诗的第一句，就是意味着她要不惜一切代价地去开展武装斗争。后两句诗，是说要谨慎从事反清斗争，避免不必要的牺牲，同时又说明她已做好抛头颅、洒热血的思想准备，并相信前驱者的鲜血能唤起千万人的觉醒，汇成革命洪流。全诗表现了作者豪放不羁的性格和勇于斗争、不怕牺牲的精神。